文芸社セレクション

生　麩

怠全仙人
TAIZENSENNIN

文芸社

一

僕はまた、新たな煙草に火をつけた。テーブルに置かれた大学生協で買った校章入りの灰皿には、今日、何度目かの吸殻の山ができている。

この灰皿を入学式の日に見つけた時は、前途は光に満ちあふれているような高揚感の中にいた。あれから三年、自分なりに卒業後のことをいろいろ考えて行動してきたが、結局、これと言う具体像を見いだせないまま、ここまで来てしまった焦りがあった。

後期試験に備えて、正月休みもほどほどに東京八王子のアパートに戻ってきていたが、とにかく、試験勉強をするにしても全く気持ちが落ち着かなかった。

不安だった。

差し迫った恐怖と言うようなものではなかったが、じわじわと迫ってくる底知れない闇に押し潰されそうな重苦しさが四六時中、僕を悩ませていた。

心がバラバラに乱れて思考の焦点が合わなかった。それでも、帰ってきて三日間くらいは何とかテキストを読むことができた。しかし、頭の中がこれから先どうしようという漠然とした思いでいっぱいになって、同時に胸が重く息苦しく掌にじっとりと汗をかくようになってしまっていた。

こんなに卒業後のことが気にかかるのは、父の影響があるのだと思う。

父は、僕と同じ大学の法学部出身で学徒出陣で満州から帰ってきてから夢であった法律家目指して司法試験を何度か受けたが、戦後の苦しい、食べるにも困る時代で合格できず、一時、検察事務官をしていた。父は次男だったが、長男というのが道楽者で親の面倒を見ず女郎屋通いばかりするような人だったため、代わりに父が給料の安い公務員を辞めて大学の先輩の引きで給料の少しは高い百貨店に転職することになった。総務課や配送課等の仕事をしていた間は、根が真面目だったのでそつなくこなしていたらしいが、外商という営業職に回されてからは、体調を崩して入退院を繰り返すようになってしまった。

僕と父はどこか似ているところがあって、あまり人と話すのは上手くない。その部署で父は軽く神経を病み、そこから来るストレスで胃を壊して、四十二歳から四回も開腹手術をして胃と十二指腸と小腸の一部を失ってしまった。

父の記憶と言えば、洗面器を枕元に置いてその前でエビのように丸く身を屈めて、焦げ茶色の胆汁液を喉から絞り出すようにして吐いている姿や、手術の前日、お見舞いに行ったら骨と皮だけになってまるで老爺にしか見えなかった姿だったりである。

母方の祖父母など周りの大人が、

「真面目過ぎてな、人に冗談も言えんような人がお金持ちに高い商品売るなんて、所詮、無理やて。お堅い公務員続けてはったらよかったのにな」

と言っていたのを僕は聞きながら大きくなった。

「僕も下手に就職すると父のように体を壊して一晩中、洗面器の前で苦しむことになってしまう」

そういった「恐怖」がいつしか僕の心の中に深く潜んでしまった。

僕の心は千々に乱れていた。卒業後の進路だけでなく、そのことに四六時中、囚われているうちに、今までの辛かったことや上手くいかなかったことまでもが無秩序に大挙して押し寄せては荒れ狂い、もう自分ではどうにも制御できなくなっていった。それでも無理やり試験勉強に意識を戻してそんな次から次へと湧き起こる想念に囚われまいとするのだが、ものの五分もたたないうちに、また様々な思いに負けてしまい、胸が潰れそうな重苦しさに耐えかねて、新たな煙草に火をつけていた。

さらに、面倒なことに半年前に別れた彼女への想いも執拗に僕を苦しめた。初めて付き合った女性だっただけにその喪失感は飢餓感というのに相応しいものだった。

彼女と別れて以来、力が抜けたような感じで心はずっと沈みがちだったが、この後期試験のためにアパートに帰ってきてからはなぜだか試験も上手くいく気が全くしなくなって、留年するのではないかという思いに強く囚われていた。

意識がある限り彼女のことやこの先の漠然とした不安等が際限なく頭の中で回転した。本来、今、しなければならない試験勉強には全く集中できなくて、漠然とした不安から拡がっていく様々な想念に僕は翻弄されていた。そして僕はその苦しみに耐えきれなくなって、ついに昼間からアルコールを口にするようになっていた。ただただ、アルコールが含まれていますというだけの廉価なウイスキーを、頭に苦しい思いが湧き上がるたびに僕は何杯も何杯もあおった。しかし、アルコールも素直に僕を助けてくれることはなく、アルコールが入ると余計に想念が激しく大きくなって悲しみや苦しみが増大した。それで僕はその意識自体を消すために飲み続け、煙草も途切れると余計に不安が増すような感じがしたので切れ目なく吸い続けた。閉め切った部屋の中では煙草の煙がガスのように充満していたが、僕はその中で酔いつぶれ意識を無くしては、昼夜なく眠りこけた。

これでもう、目が覚めなければいいと思いながらも体内のアルコールが切れてくるとまた、仕方なく目が覚めた。意識が戻ればまた、止めどない不安と寂しさで奈落の底に向かって気持ちが落ち込んでいった。彼女のことなんか去って行ったんだから思慕を断ち切り、また新しい恋でもすれば済む話だと頭ではわかっていても、どうしても彼女の残像が心の中から消えてくれない。そして何よりも僕を執拗に苦しめたのはあと一年後に迫った卒業後のことだった。どこに向かって行けばいいのか？　今、何をすればいいのか？　何も具体化されないまま、漠然とした不安となって僕をずっと苦しめた。

胆汁液は、独特の苦い臭いがする。トイレに流してもその不快な臭いは塩素系の薬品で掃除でもしない限り、ずっと中に籠り続ける。

アルコールでぐるぐるに回った頭で、僕は僕自身が洗面器の前で臭い胆汁液を喉の奥から絞り出している夢にうなされて目覚め、実際にはアルコールと胃液の混じった液体を掛け布団の上にぶちまけていた。

僕は社会に出るのが怖いんだ。

とどの詰まりはそういうことだと、吐瀉物でヌラヌラした唇を手で拭いながら僕は情けなく感じていた。

僕はもっと「明るく社交的な青年」だったらよかったのにと思う。そうすれば営業職でも何でもこなして楽にやっていけたんじゃないか。就職活動する前からこんなにぐずぐずといろいろ引きずって、不安に押し潰されることもなかったと思う。ところが実際の僕はもちろんひとりぼっちは寂しいけれど、かといって人とずっと一緒にいるのは好きじゃない。初対面や苦手なタイプの人とは上手く話すことさえできない。さらに、中学二年生の頃からだったと思うが、初対面や苦手な人と向き合って話さなければならない時なんかで相手の視線を感じてしまうと、急に右頬がピクピクピクピク、ひきつるようにもなっていた。

大学生になって抑圧された受験勉強から解放されたら少しはマシになるかもしれないと期待したが、関西出身の僕にとって慣れない言葉のアクセントなんかで余計にストレスを感じてしまって、一向に頬のひきつりは良くならなかった。

だけど彼女と会っている時もいつも僕は緊張していたが、その緊張はまたちょっと意味が違っていて、どこか心地よいところさえあり、露骨に頬がひきつるようなことはなかった。

ああ、やっぱり社会に出るのが怖い。

結局、そういうことなんだと僕はまた思った。

第一、こんなちょっと人と話すだけで最高に緊張して、頬をひきつらせてしまうような人間にできる仕事なんかあるのだろうか？

以前、大学のカウンセリング室に相談に行ったこともあった。片足を引きずらせた小柄でやせぎすな四十歳台半ばくらいの男が表情ひとつ変えずに対応してくれて、

「営業なんて僕には無理だと思うので、公務員がいいと思うのですが」

と手短に言ったらしつこく、しつこく、

「どうして公務員なのか、君はどうして公務員志望なのか」

と僕が満足のいく答えを出すまでは絶対に許さないって感じでその男は同じセリフを繰り返すだけで、僕の不安も何も聞いてくれる訳でもなく、僕はひどくけなされた気分で、その男の決して笑顔なんか他人に見せてたまるもんかといった雰囲気をそのまま引きずって帰ってきただけだった。

カウンセラーなんて金輪際、信用できないと思った。

そう言えば、最寄りの職安で「職業適性検査」などというのを受けたこともあった。マークシートでいっぱい答えてから、担当者が、

「工場で部品を組み立てる作業だとちょっと能力が余りますかねえ」

等と言っていた。

そういう「悪あがき」をすればするほど、僕はますます社会に出ることは恐ろしいことに思えてきた。

もちろん、ずっとこのまま大学生でいられる訳はないのはわかっていた。わかっているだけに今のうちに何とかしなければならないと切実に思っていた。老いた両親にこの先も経済的な負担をかけ続けられないこともちろんわかっている。でも、どっちに向かっていいのかがついぞわからない。それが本当に辛くて不安の闇に包まれてしまうのだ。思えば今に始まった訳じゃなく、大学に入った時からずっと卒業後のことは心に引っ掛かってきた。

司法試験を何度も受けた父の影響で法律家になろうと考えた時もあった。父は現在の仕事のことより夢だった法律家というものを小さい頃からずっと僕に聞かせてくれた。父は結局、夢かなわずに百貨店の外商課長になっていたが、父が少しだけいた検察庁の話をよくしてくれた。検察庁の話をする時の父は、日頃のどちらかと言えば表情の乏しい父とはうってかわって楽しそうに笑顔で話してくれたものだ。そんな父の影響だろうと思う。

その次は公務員。これもなぜなろうとしたのかよくわからないが、人に頭を下げてものを売るわけじゃないし、役所の窓口の奴等を見ていたら慇懃無礼にその実、市民を小バカにしてるんだから、あれくらいだったら僕にもできるんじゃないかと漠然と思っただけかも知れない。

その次はマスコミだった。テレビなんかの影響でちょっとかっこいいと思ったからなんだろうけど、結局、この三つは、僕の通っている大学の卒業生の進路として行く人の数が多かったので、周りがそういう方向へ行くから僕もということだったのだろう。

また、ある時は、大真面目で劇団に入ろうとして有名な所に入団願書を出したことさえあった。書類選考は通ったけど、面接の日には行かなかった。これも、小学校六年生の時に出た「演劇コンクール」でまぐれの準優勝をして、なりやまない拍手の「快感」をふと、思い出しただけのことだったが。

大学に入って三年間、こういった感じでフワフワワフワフワ迷うだけ迷って、でも、結局、どれも続かなくてわからなくなってまた、振り出しに戻って法律家を目指して専門書を読んだりしていた。

僕は、毎日を、止めどなく、ぐだぐだ、ぐだぐだと終わることない思考のループに引っ掛かってしまって、その結果、襲ってくる不安に胸を覆いつくされた挙げ句、その不安に耐えきれなくなってウイスキーを胃に流し込み、その間、煙草をひっきりなしに吸い続ける。そしてやがて意識が朦朧として眠りに入るとしばしの安らぎを得る。その繰り返しの中で僕は何とか生きていた。

もう、何日も風呂に入っていないので、髪の毛がベタついて頭皮に張り付いたようになっていた。ずっと引きっぱなしの布団は、厚みをすっかり失って、枕は皮脂で黒ずんでいる。さらに布団のあちこちには、泥酔中に戻されたゲロが乾く暇もなく気持ち悪く大小の染みになって残っていた。

新年早々に東京に戻ってきて後期試験の勉強をするはずだったのに、飲み潰れているうちにもう、二月になっていた。一月末の行政法の試験はついにパスしてしまった。

もう、何度、飲んでは潰れ飲んでは潰れといったことを繰り返したのかわからなくなっていたが、何度目かに目覚めた時に、

「そうだ、美容師になろう」

と訳のわからないことが頭によぎった。何で「美容師」なのかはわからなかったが、大学受験の頃、受験に失敗したら手に職をつけよう等と思っていたことが、アルコールでぐずぐずになった頭に甦ったのかも知れない。理由はどうあれ、僕はそれを「天啓」のように思い込みたくなった。何も答えを出せなくてずっと立ち止まっているこの状態を抜け出したかったのだ。

「神の啓示」が欲しかったのだ。

いつかドラマで観た、著名な芸術家が街頭で偶然、出会った古い彫刻に心を奪われてしまい、それが元で一生の仕事にしたというようなシーンを僕は思い出していた。これが僕の運命の出会い、閃きならばありがたい！

それで、僕は郷里である大阪の美容専門学校を電話帳で二、三校探し出して電話をかけて、真面目なしっかりした声を作って入学希望者として話を聞いたりした。

受話器を置いてから、

「ようし、郷里に帰って美容師になる！」

と思った尻からそれがまた、へなへなとわからなくなって、それがさらに不安材料になってしまって、

「本当にこれでいいのか、大学はどうするんだ」

等とへたりこんでしまってまた、ウイスキーをラッパ飲みして、止めどなく煙草を吸い続けていた。

この堂々巡りから抜け出せないまま酔いが回ってくると、別れた彼女とのセックスが甦ってくることもあった。彼女の絶頂時の痙攣や吸い付くような肌の感触が思い出されて、泥酔の中で何度も射精していた。

アルコール漬けの胃袋でもお腹は空いてしまうので、食事は冷蔵庫の中の納豆をカビたような食パンにぶっかけて牛乳で流し込んで済ませた。それがなくなると近くの小さな食料品店にフラフラと買い出しに出かけて、また部屋に籠って酒と煙草と不安の中で過ごした。

机の前には以前、彼女がくれた小さなキャラクター人形が飾られていたが、彼女にふられてからは悲しくなるので机の引き出しの中にしまい込んでいた。僕は彼女を思って射精した後、アルコールでフラフラする頭でふとそれを思い出して、机の引き出しの奥を右手でごそごそと探った。キャラクター人形らしいものは右手の感触ですぐに見つかったが、

それを引き出す時に一緒にいくつかのボールペンや鉛筆等といったものが僕の右手に掴まれて出てきた。僕はキャラクター人形だけをしっかり取り上げると、他の物は机の上に放り投げた。僕はキャラクター人形に頬擦りをしながら目を瞑った。柔らかい布の感触が頬に伝わり、それをプレゼントされた日の彼女の顔、仕草が蘇った。僕は人形を頬に当てたまま目を開けると、机の上に放り出された物のなかに薄い棒状のものがあることに気が付いた。

カッターナイフだった。

僕は人形を頬から離してからカッターナイフを取り上げて手に取ると、親指でスライドを前につきだして刃を出した。それは刃物というにはあまりにも貧弱なものだったが、それでも鈍い光を放ちながらも、鋭利さは伝わってくる。僕は人形に代えてそれを頬にあててみた。ひんやりとした冷たさが僕の酔いを一瞬覚ましたようだった。僕は刃をしばらく眺めた後でそれを左手首に持っていった。青い静脈が浮き出ていた。刃を垂直に立てて目を瞑った。刃を持った右手に力を込めれば楽になれるんだと思った。

僕は刃を薄く引いてみた。

うっすらと血が滲んだ。じわじわと浮き出てくる血液は閉め切った暗い部屋の中でも、黒い帯となって見えた。僕は右手にカッターナイフを握りしめたまま眠りに落ちていった。

何時間眠ったのか、僕が目覚めた時、カーテン越しの窓にも透明の光が差し込んでいるのがわかった。

左手首には薄いかさぶたのようになった黒い血のあとがこびりついていた。僕はそれを朦朧とした頭で眺め続けた。浮き出た静脈には刃が絶妙にかからないようにして少しはずれた部分の表皮より少し入ったところが切れていた。

でも、あの時の気持ちは何だったのだろう？

薄暗い部屋の中でカッターナイフを手首に押しあてていたあの僕は？

カッターナイフを頬に当てた冷たさが蘇った。

僕は少し頭が働くようになると今までとは違った、より具体的な恐怖を覚えた。焦点の定まらない目で青く浮き出た静脈をずっと見ていた記憶がある。

「ええい、もう、いいや」

と投げやりな気持ちで刃を持つ右手を確かに水平に動かしたところまでは覚えている。そのままごろりと横になって意識を失った。静脈にかからない絶妙な傷痕をさらに眺め続けた後で、僕はやおら立ち上がると、長く閉ざされたままだった部屋の窓を開けた。二月の冷たい大気が部屋を通り抜けた。僕はそのまま、電話帳を部屋の片隅から探し出すと廃品業者を探し出して電話をかけた。どこの業者が高いとか安いとかそんなことはどうでもよかった。ただ、僕は僕の部屋の中にある冷蔵庫やテレビといった家電品から椅子や机等の家具まで、あるものすべてを売っぱらって、ここを一刻も早く脱出しなければという思いでいっぱいだったのだ。

僕は電話に出てきたちょっとしゃがれたような声を出す男に、

「郷里に帰るからすべてを売ります」

と伝えて訪問してもらう日時を決めた。

ゆっくり何もしないで立ち止まっていると、不安が追いかけてくるようで、また心臓が高鳴り掌から汗がしたたり落ちてくるようだった。そこで僕は速やかに東京電力や東京ガス、電電公社に電話をして最短の日でその供給を止めてもらった。もっとも電話だけは手続きに時間がかかるので、郷里に持って帰ることにした。それから憑かれたように、久しぶりに身支度を調えて外に出た。市役所の出張所に転出届を出すためだった。市役所に向かうバスの中でも僕は具体的なことだけを考えた。

「ああ、そうだ、新聞も止めないと」

より本質的なことを考えてしまうと、僕はまた、パニックに陥った。胸が苦しくなって、鼓動が速くなった。頭の中でも脳味噌がぐるぐる回転するみたいだった。

役所から帰ってからも、一息つく間もなく部屋の片付けを始めた。家具や電化製品を引き上げてもらった後でも残る細々とした物の処分だった。僕は何でもかんでも手当たり次第に黒いビニールのゴミ袋に放り込んでいった。そう、大学の校章入り灰皿も何故かもう関係がないような気がして、吸殻が一杯に詰まったままビニール袋に放り込んだ。

そう、もう、大学には戻らないかもしれないんだし。

そう思った時には心臓が恐怖でピクンと蠢いた。

十数個のゴミ袋をアパートの共同のゴミ捨て場に出した時、大家さんが怪訝そうな顔を

して出てきて、

「ご卒業ですか？」

と僕に声をかけてきた。

「そんなもんです」

とだけ僕はかろうじて答えると、そそくさと部屋に戻った。

タンスや冷蔵庫等はまだあるがその中身はすでになく、入れ物だけになっていた。今日、目覚めて、左手首を見つめてから、とにかくこの部屋を抜け出すことだけに一日中走り回っていた。明日、業者が来て残った家具や家電等を持っていってもらったら、この部屋は空になる。危うくそれから先を考えそうになる前に僕は、さっき出かけた時に買っておいたビールとウイスキーを体に流し込んで意識をなくして眠りに落ちた。

翌日、廃品業者は十時頃やって来た。部屋の中に残っていた家具等、一切合切、すべて持っていってもらって、手元には二十万円の現金だけが残った。がらんとした部屋を見渡しながら唯一、電話機だけが残っていた。僕は受話器を取って郷里に電話をした。何も知らない母が出た。

「ああ、どうしたん？　試験、終わったん？」

僕は、手首を切りかけたことを話した。

「なんでやの、どうなってるの！」

家財道具もすべて処分したことを話すうちに、僕の声は嗚咽に変わっていた。

「とにかく、はよ、帰ってきなさい。ひとりで帰れる？」

沈痛な母の声だった。

僕は電話機をプラグからはずすと、ボストンバッグに無造作に詰め込んでがらんとした部屋に一瞥すると、さっさと部屋を出た。何の感慨もなかった。

大阪の実家に戻ると当惑した家族の顔が待っていた。大学への退学届を出してしまったものと思っていた父は、まだ、出していないと知って少し安心したようだったが、左手首の傷を見て何も言えなくなってしまった。

僕は、実家に帰ってきてからは、家族の手前、普通に朝、起きて夜は眠るようになり、酒に溺れることはなくなったが、昼間は何をするでもなく煙草だけを四六時中吸って過ごした。

僕は母の知人の紹介で岡山の精神病院を受診することになった。

明日はいよいよ、岡山まで行くという日の夜、僕宛に電話があった。

母が中庸大学の伊藤《いとう》さんという人からと言って受話器を僕に渡した。僕は伊藤という名前に少し戸惑いながらも、まさか、「イトケン」のことではないだろうと思いながら受話器を耳に当てた。懐かしい声だった。

「境田《さかいだ》君、覚えてる？　伊藤だけど」

僕は、一年の後期から全く縁を切るようにして何の挨拶もなく突然、連絡を断ってしまった「国家論研究会」というサークルのことを思い出した。辞めかたが辞めかただっただけに、返事する声が小さくなった。

「それでね、ギセイ覚えてる？　一時期、君ととっても仲の良かった田原《たはら》君のことだけどね」

そこでイトケンは、少し口ごもったように間を置いた。

「実は彼、死んじゃってね。もう、長い間、講義にもサークルにも出てこなかったし、郷里の方にも連絡なかったんでお母さんがわざわざ出てきてアパートまで見に来られたんだけど、死んでたって。亡くなってしばらく経ってたみたいでね」

僕は体が凍りついたように止まってしまった。ギセイの青白い、はにかんだような顔が浮かんだ。

「もしもし、聞いてる？」

イトケンの声が遠くから聞こえた。

二

青空にゆったりと雲が流れていた。僕は空から視線を戻すと額の汗を拭った。春を通り越して初夏のような日差しが眩しかった。

大阪から上京して一週間が経っていた。親元を離れて初めての独り暮らしだったが、部屋の片付けをしたり、他に細々としたことに追われているうちに一週間はあっという間に過ぎ去った。

入試に合格してから大学に来たのは、入学式以来、まだ、二度目である。僕は神田駿河台という東京の真ん中にいながらも、この陽気ですっかり郊外にピクニックに来たようなのどかささえ感じてしまって、この大学の象徴にもなっている「白門」と称される校門を足取り軽く、くぐり抜けようとしていた。校門の向こうにあるキャンパスの方からは、賑やかな人々のざわめきや管楽器と思われる音さえも風に乗って響いてくる。僕の足は自然と速くなっていた。

その時だった。校門の脇に白い学生服を着た背の高い、いかつい体格の男が目に付いた。黒い学生服ではなく戦前の海軍の軍服を彷彿とさせる白い学生服だった。その白さが春の日差しを照り返してそこだけが浮きあがって見える。その白い学生服の男の周囲だけ、微妙に人が避けるような空間ができていた。

僕は何か異様なものを感じながらも、うつむき加減にさっさと校門をくぐり抜けようとした。しかし白い男の方から強い視線を感じてしまって迂闊にも顔を上げてしまった。そしてほんの一瞬のことだったが、その男と目が合ってしまったのだ。

すかさず男がまっすぐに僕の方に近づいてきた。とたんに僕は体が強張って動けなくなってしまった。

男は門を背にして僕の前に立ちはだかった。近くで見ると男の体は学生服を通してみてもゴツゴツとした筋肉に被われた体躯であることがうかがわれた。

「応援団だけど、もう、サークルは何か決まった？」

風貌に似合わず男の声は高音で透き通ったものだった。しかし、声に反してその眼光は僕の目を鋭く貫いている。とたんに僕の右頬がピクピクピクピクと痙攣を始めた。足は根が生えたようになって動かなくなっていた。

僕は、

「いや、まだです」

とごく普通に答えようとしただけだったが、頬のひきつりを無理やり隠そうとしてへたに笑ったような表情になってしまったらしい。

男の表情がはっきりと険しくなったのがわかった。

「てめえ、何だ、その面は。なめてんのか！」

低音もよく通る声だった。

男は獲物をからめとった獣のようにニタニタとした笑みを浮かべながら、僕の体を上から下へとなめ回すようにながめて言った。

「まあ、体は丈夫そうだな。何かに使えるか」

その間も僕の右頬は小刻みにずっと痙攣を続け、足もガクガク震えだしていた。

「まあ、ちょっとお前、顔、貸せよな」

男が僕の腕を捉え、さらに肩を抱き抱えようとした時、校門の脇に立つ僕らの側を誰か走り抜けた者がいた。

「あ、お前！」

小柄な学生と思われる者が、一目散に校門の中に向かって走り抜けて行く。

「あのやろう！」

男がそう言った時、僕の腕を摑む力が一瞬、弱くなっていた。僕はその瞬間をとらえて自分でも考えられないくらいの敏捷さで男の腕を振りほどいて今、走り去った学生と同じ方向に向かって走り出していた。

後ろで男の怒鳴り声が聞こえた。でも僕は全速力で校門を抜け、人混みをかき分けて近くの校舎に走り込んでいた。

階段を三階まで一気に駆けあがると便所を見つけて個室に飛び込んで息を殺した。しばらくして誰も追ってこないことを確かめてから僕は個室の外に出た。まだ、胸がドキドキした。僕が心を静めながら洗面所で手を洗っていると、他の個室の扉が開いて、小柄な学生が出てきた。顔はよくわからなかったものの、雰囲気がさっき白い学生服の男の側を走り抜けた学生にどこか似ている感じがした。その学生も僕を見て気づいたようで、

「ああ、君、さっきの」

と言ってにやりと笑った。

「もう、大丈夫ですかね」

と僕が尋ねると、

「あいつ、応援団の団長で、本当、ひどいだろ。誰でもいいからめぼしいのを引っ張り込んで団員にしたてあげるそうだで」

と喉から絞り出すようなしゃがれた声で言った。独特な訛りがある。

「あなたも引っ張られたんですか？」

と、僕も気楽に関西訛りのアクセントで答えた。

「昨日だわ。こんな細い俺みたいな男を捕まえてもどうにもなりゃせんだろうって言ってやったら、どえりゃあ、怒り始めてな」

と学生が面白そうに話した。

「でもまあ、こんなことで殴られでもしたらつまらんで、逃げたって訳だわ」

僕達は、声をあげて笑った。不思議と僕の右頬はひきつらない。

僕達は、「応援団長」がいないか気を配りながらゆっくりと校舎を出て一緒に中庭の方

に歩き出していた。中庭と言っても芝生や花壇がある訳でもなく、戦後すぐに建てられた天井の低い三階建ての校舎に四方を囲まれた空間に、アスファルトを流し込んだだけのものだった。隅の方に申し訳程度の数本の立木と一糸纏わぬ男性二人が肩を組んでいる銅像が、なんとなく場違いに立っているだけだった。

その学生の名前は田原義成《よしなり》と言った。一浪して岐阜から出てきたのだという。僕と同じ法学部だった。

「これも何かの縁だで、俺のこと、『ギセイ』って呼んでくれ」

と、聞きもしないのにギセイはペラペラ自己紹介した後でそう言った。

「今日は履修届？」

とギセイが言った。

「いや、それはまだなんやけど、サークル何か良いのがないかと思ってね」

僕も気楽に返した。

僕とギセイは、すぐに中庭の雑踏に飲み込まれた。小学校の校庭くらいの広さの所に、どこを通って歩けばいいのかさえわからないくらいにびっしりとサークルの「ブース」がひしめきあっていた。それぞれ、長机ひとつにそこに使うパイプ椅子三脚をセットにして、そしてサークル名が大きく書かれた立て看板がひとつというのが、「ブース」の標準的な「装備」だった。そこで各サークルの学生が大声を張り上げて、通りがかりの新入生を勧誘していた。いくつかのサークルが集まって「音楽研究会」というコーナーを作っている所では、勧誘に楽器さえ持ち出してそれが時たま耳をつんざくほどの迫力だった。

「何かいいのあるかねえ」

ギセイが雑踏の騒音にかき消されまいとして、しゃがれがちの声を励ますようにして叫んだ。

「何か決まってるの？」

と僕も声を張り上げた。ギセイはそれには答えずさっさと手当たり次第に片っ端から「ブース」に顔を突っ込んでいた。僕はひとり取り残された感じで、サークルの「ブース」を見回した。

眩しい日差しを浴びてそこにいる人々の笑顔も輝いているように思われた。二十歳台前半の者達だけが集うその空間はそれだけでこの陽光に溶け込んでいた。

何か楽しいサークルはないものかと思った。理想を言えば、中学、高校とずっと男子校で来てしまったので、女子学生と多く巡り会えるサークルに越したことはなかった。でも、桁外れに運動神経の悪い僕がテニスやスキー等といった女の子に人気のあるサークルに、おいそれと入るのは抵抗があった。

「テニスサークル　かもしか」

「テニス&スキー　青空」

「音楽研究会　マンドリンクラブ」

「山とスキー　苗場」

等々、ざっと見渡すだけでもどれもがテレビドラマに出てくるような「青春」を声高に叫んでいるように見えた。

僕は、すっかり気後れしてしまった。

ギセイが、どこから戻ってきたのか急に僕の側に来て言った。

「いやあ、ひどいもんだわ。ほら、ここからも見えるだろ、あの『かもしか』ってやつ」

ギセイの指差す方に「テニスサークル」と書かれたカラフルな立て看板が見えた。

「受付に座っとる女の子がどえりゃあ、かわいい娘だもんで、つい、フラフラと入会させてもらおうと行ったらな」

ギセイが口を膨らませながら言った。

「もう、男は要りませんってことよ。男はすでにいっぱいで女子学生だけを募集してるんだってよ」

憤懣やる方ないといった様子のギセイをなだめてから、僕達はゆっくりと「ブース」の間を縫うようにして歩いた。ギセイは、懲りることなく次々と「ブース」を覗き込んでは落ち着きなくキョロキョロしていた。

僕とギセイは、先ほどの応援団長のこともあったので、応援団関連のサークルには近寄らないように注意しながら、サークルの「ブース」の間をまるで縁日の屋台の間を巡るような感じでゆっくりと歩いて行った。

やがて学生達が行き交う流れがめっきり少ない所にやって来た。お目当ての女子学生どころか新入生と思われる学生もまばらである。見れば「学術研究団体コーナー」という少し大きめの立て看板を境にして学生の流れが減っている。

「民事法研究会」

「法哲学研究会」

「マルクス経済学研究会」

等々、堅苦しい名前がそれぞれの「ブース」の前に掲げられていた。

ギセイの方を見ると、さすがにどこの「ブース」にも顔を出さず心なしか早足になっている。

僕も、勧誘する気があるのかないのかわからないような難しい顔をして「ブース」の中で座り込んでいる学生には何の興味も覚えなかったので、全くどこにも立ち止まることなく、そのまま、別のコーナーへ移動しようと思っていた。

僕とギセイがうつむきがちにさっさと通り抜けようとしていると、急に鼻にかかるような甘ったるい男の声に遮られた。

「どこかもう、サークル決まったかな?」

綺麗な標準語のアクセントだった。反射的に声のした方を見ると、小柄な「男の子」という形容がいかにもふさわしい学生が人懐こい笑みをたたえて僕らを見ていた。今日、今からでもアイドル歌手になれそうな風貌である。

「いろいろさ、楽しいサークルもあるけどさ、折角、大学に入ったんだから、少しは勉強したいなんて思わない？」

僕はその「男の子」を見て、まずもって首都東京の男子は、このように話し方や容姿までもがソフトで「可愛く」なってしまうものかと驚いた。岐阜の男は「でー」とか「ぎゃあー」とかを連発する「ギセイ」だし、大阪では僕はずっと男子校だったけど、こういった類の「男の子」には、ついぞお目にかかったことはなかった。僕は、さすがに東京は違うと変なところで感心していた。

「男の子」に言い寄られてもギセイはたじろぐことなく、

「勉強はもう、いいわ」

と冷たく突き放していた。「男の子」はそれでも笑みを消すことなく、

「君達、法学部？」

と聞き、頷く僕達に対して、

「みんな必死になってる司法試験の勉強だけが学問じゃないからね、ほんとはね、もっと面白いものなんだよ」

と言いながら一枚のビラを取り出してきた。

そこには
「国家論研究会へようこそ！」

と赤い字で大書されていた。

気付かなかったが、確かにこのブースの立て看板にも同じ研究会の名前が書かれている。

僕達が足止めを食ったような形で不本意に立ち止まっていると、どこから現れたのか、決して「可愛く」もない普通のどちらかと言えば老けた感じの男子学生が「男の子」の隣にやって来て、

「折角なんだから、学問の楽しさを味わうことなく過ごすなんてもったいないよ」

等と援護射撃を始めた。

止せばいいのにギセイが、

「じゃあ、民法や刑法なんて勉強だけじゃないんですか？」

なんて聞くものだから、二人は調子づいてしまって、やれ、そういった科目のさらに奥にあるもっと基本的なことだの、人が人として生きていく上で必要なこととか、ますます、訳のわからないことを言い出すものだから、僕は、ギセイをほうっておいても、この場を離れようとした。

「誰か入ってくれた？」

背後から突然、声がしたのはその時だった。涼やかで心地よい若い女性の声だった。僕もギセイも思わず振り返っていた。そして二人ともその場で固まったようになって、動けなくなってしまった。色白で小柄な女性が僕達を見て微笑んだ後で、「男の子」に向かって話した。

「あなたの後輩になるんだからいい人、入れてね」

僕は口をポカンと開けたまま、この突然現れた女性を見つめていた。まさしく生まれて

初めて「女性」を見たという感じがした。ぱっちりとした涼やかな二重瞼の目にスッと通った鼻筋、白を基調にした洗練された服装、爽やかな鈴のような声、そこにいるだけで光が集まってくるような神々しささえ感じられた。

「これが都会のお嬢様なんだ」

僕はなんと形容していいかわからない「美しさ」に急に出会ってしまって、雷に打たれて四肢の自由を奪われたようになっていた。

横目で見るとギセイも動きを止めていた。そして小さく呟いていた。

「綺麗だわー」

「女神」は、そんな僕達に対して笑顔のままで、

「入っていただけるのかしら。楽しいわよ。また、お会いできたら嬉しいわ」

と透明感漂う声で言った。

「男の子」がすかさず言った。

「ねえ、もう、入ってくれるんだよね」

もう一人の老けた感じの学生も僕達をじっと見つめて小刻みに頷いている。そして何よりも、「女神」が真摯な眼差しでしっかりと僕達をとらえて離さなかった。僕は、その瞳の中に吸い込まれそうになっていた。

ギセイがのぼせたように呟いた。

「じゃあ、まあ、お世話になるわ」

「女神」がギセイの手を取って、

「ありがとう、よろしくね」

と言った。そして、僕の方にその黒目がちの美しい瞳を向けた。

僕はからくり人形のようにコクリと頷いていた。「女神」は、変わらない微笑みをたたえながら、「男の子」と老けた男に向かって、

「じゃあ、後はよろしくね」

とだけ言いおいてさっさとブースを離れて行った。

「いやあ、君達、『国家論研究会』へ、ようこそ！」

と、「男の子」が明るく言った。

「僕は二年生の三井《みつい》って言うんだけど、わからないこと、何でも聞いてね。よろしくね！」

と、「男の子」の三井くんが流行りのアイドルそっくりの笑顔で続けた。

「じゃあ、君達、ここに学部と学科そして住所と名前書いてくれるかな？」

と、「老けた男」が「入会申込書」と書かれた紙を出してきて言った。

彼は佐々木《ささき》といった。こういった事務的なことを取り仕切っているのだという。ずっとこの間も笑顔を絶やさない三井くんと違って佐々木さんは、全く表情ひとつ変えずに僕達が記入するのを見ていた。

僕は書きながらあの「女神」の姿を追い求めていた。今度いつまた見ることができるの

だろうかと思うと、胸の奥がうずくような感じがした。

隣で記入しているギセイをチラリと横目で見ると、白い頬に赤みがさしたようになっているのがわかった。

こうして僕達は何をするサークルなのかよく確かめもしないうちに、「国家論研究会」のメンバーになっていた。

三

「国家論研究会」という名前からして何のことなのかさっぱりわからない。まったく、どんなことをするのかさえ何もわからないうちに入ってしまった。

でもあの日以来、あの時の女性の姿かたちが脳裏から離れてくれない。ふとした拍子に昼間でも白昼夢のように爽やかな白い顔が浮かびあがる。夜間は何度、夢の中で彼女の姿を追い求めては目覚め、深いため息をついてまんじりともしない時間を過ごしたことだろう。

あの日入会した時、三井くんが、

「サークルのたまり場がね、三号館、ほら、あの建物の地下にあるから、いつも誰かいるからさ、大学に顔出したら遊びにおいでよ」

と薄汚れたグレーの建物を指差しながら言っていたのを思い出して、僕はあの「女神」にもきっとまた、会えるに違いないと思って、翌日からはもう、大した用もないのに必ず顔を出していた。

今日でもう、二週間にもなる。それでも女神には一度も会えなかった。午前中に行ってみたり午後に行ってみたりといろいろ時間を変えても一向に女神には会えなかった。

ただ、頻繁に顔を出すことで、サークルの主なメンバーのことは何となくわかってきた。そして何よりも「女神」がみんなから「良江《よしえ》さん」と呼ばれていることもわかった。

　この大学は来年、この東京のど真ん中から多摩の八王子に移転することが決まっていた。そのせいなのか、この薄汚れた三号館には、所々、窓にガラスが入っていない。僕達一年生は、多摩に移転することを前提に入学してきたから何も言う権利はないのだろうが、二年生以上はまだ、「多摩移転反対闘争」なんてことをしている人達がいるらしい。その学生達が機動隊とぶつかりあった結果、割られた窓ガラスは取り替えられることなく、ベニヤ板を打ち付けたりしただけで済まされている。

　そんな傷だらけの校舎に入って埃でざらついた廊下を少し進んでから階段を下りると、やがて薄暗さに目がなれる頃、踊り場の壁に掛けられた電球の黄色い光が異様に明るく感じられて目がチカチカした。それぞれの段の角が擦りきれて丸くなった石の階段をさらに下りて行くと、廃材置き場と見まがうような空間に出る。ここが「三号館地下」略して「サンチカ」と学生達に呼ばれている場所だった。古い木の机や椅子が、無秩序に壁際に積み上げられているのを取り崩して、長机を二本並べただけのニの字型や四本並べたロの字型に組み合わせたスペースが、何の仕切りもない、だだっ広いこの地下空間をびっしりと埋め尽くしていた。ただその各スペースには必ず数人から十数人の学生がたむろしており、それぞれの学生がてんでに発する言葉や体の動き等から起こる音が混じり合い天井付近でこだまして、モーターのうねりのような低い共振を作り出していた。むっとした空気には煙草の臭いが立ち込め、もやもやした煙が薄暗い地下空間をいっそうどんよりとしたものにしていた。

僕は古い長机がロの字型に組み合わされた「国家論研究会」のブースに近付きながら、素早く本日のメンバーを目で確かめて早くも落胆した。

今日も良江さんは来ていない。そして今日の出席者も相も変わらず、三井くんと、同じく二年生の鈴木《すずき》さん、それと僕と同じ一年生の伊藤賢一《けんいち》だった。

ギセイも毎日、来ていたが今日はまだ、来ていないようだ。当然、彼のお目当ても「良江さん」であるのだが、残念ながらギセイもあの日以来、会えていないらしい。

「ここ、何かひどいでしょ。ちゃんとね、サークル棟が図書館の隣にあるんだけどね、『安保闘争』とかいろいろあって、学生が占拠しちゃったもんだから当局が閉鎖しちゃってさ、代わりに文化サークルはここに閉じ込められたんだよ」

と、三井くんが言い訳するかのように、しかし相変わらず可愛く言った。

「すごかったんだって。籠城する学生に機動隊が突入して、あっちこっち、血糊でべったりだったんだって」

と後を継いだのは同じく二年生の鈴木さんだ。縁の赤い眼鏡をかけているが、小柄なせいもあってか、折角の赤も目立たない。

鈴木さんは高校生のようなお下げ髪の毛の裾をくるくる指で巻きながら、

「うちのサークルも大変だったたって、良江さんから聞いたことがあるわ。ほら、良江さんてあれも考えてるから、よく知ってるのね」

と右手の親指を立てて言った。

三井くんが、鈴木さんの顔を見て何か目配せのようなことをしたように感じたので、僕は何だろうと思っている矢先に、

「えーっ、良江さんがどうかしたんですか？」

といつの間にやって来たのか、ギセイが割り込んできた。全く机の下にでも隠れていたような神出鬼没さである。

そのことには応えずに伊藤賢一、近頃ではみんな、「イトケン」と呼んでいるのが、

「お前さ、昨日、あれからすぐ帰ったの？」

とギセイに向かって尋ねた。

イトケンは、どこから見ても立派な「労働者」に見える。引き締まった長身の体に似合うのはペンにノートではなく、土砂を運ぶ一輪車とシャベルであるような気がしてしまう。浅黒い顔に、鼻の下に無造作にはやされた髭が、初対面の人を身構えさせるが、そのソフトな口調とひとたび笑えば本当に人懐っこい風貌が、いっぺんに相手に安心感を与えてしまう。もっとも彼は三浪だったから、その安心感は年齢からくる「落ち着き」のようなものもあったのかも知れない。

「帰る訳ないわ、土田《つちだ》さんと四年の宗像《むなかた》さんらとずっと麻雀やわ」

とギセイがあくびを噛み殺しながら言った。

「ギセイは近頃、毎日だね、家には帰ってるの？」

と、深夜のＦＭ放送のＤＪのようなソフトな声でイトケンが言った。

「いやあ、全く帰れんで、困ってるわ。ちょっと臭わんか？」

と、こちらはいつものように喉から絞り出すような声でギセイが僕に向かって言った。

鈴木さんが、少しギセイから体を遠ざけるような仕草をして笑った。

「別に臭わんけど、ひょっとしてここで寝たんか？」

と僕は尋ねた。

「神保町の雀荘で明け方になってもたんで帰れんで、門を乗り越えたら簡単にここまで来れたわ。大学も、もうここはどうでもいいんだな」

ギセイはそう言い、首を左右、交互に傾けながら、

「あっちの机があいとったから寝とったけど木がゴツゴツしとるで、首が痛いわ」

と壁際に一つ出されている木製の机を見ながら顔をしかめた。

全くギセイは、ここにやって来ては、先輩連中に連れられて、連日、パチンコ、麻雀に興じているらしかった。僕も誘われて二、三度お供したが、何せ麻雀もパチンコも高校時代にやったことなどなかったので、麻雀はなかなかルールについていけず、牌をさっさときらないものだから周りから、

「早く、切れ、早く、切れ」

と急かされるので嫌になり、パチンコは、大学の近くの老舗の「人生劇場」という店で

半日粘って手に入れたライターが、三度、火を付けただけで石が飛んでしまったので以来、全く行かなくなってしまっていた。

「何か食べてくるで、君も行かんか？」

とギセイに誘われて、僕もついて行くことにした。

「そうそう、私なんて九州の人間やけん、情緒があっていいなと思うよ」

「そうなのよね、私も東京だから京都の格子戸が並んでる所がたまらなく好きなの」

と言うイトケンと鈴木さんのたわいのない会話を片方の耳に聞きながら僕はギセイと外に出た。

大学を出てニコライ聖堂の前を通り過ぎ、駅に向かって坂道を下って行くといつもの情景ではあるが、そこかしこで若者達が　二、三人ずつの小さな塊となって歩いてゆく。いつも思うのだが、この街には若者の姿しか見当たらない。今日も今は昼時なのだから、もっとサラリーマンがいてもいいように思うのだが、どういう訳かこの街では目立たない。

僕達も何の違和感もなくお茶の水の雑踏に溶け込んでいった。

「何食べる？」

と僕が聞くとギセイが、

「この前、宗像さんに教えてもらった店があるで、そこ行こう」

とどんどん先に進んでいった。

「むなかた」って誰だと思いながらもギセイに案内された店は、大人五人も座ればカウンターがいっぱいになってしまう、こぢんまりとしたどこか懐かしさを感じさせる洋食屋だった。

「ここはカツライスと相場が決まってるそうで、お前もそれでいいか」

と言うので二人揃って同じものを頼んだ。

「『むなかた』さんって誰?」

と僕が座ってすぐに尋ねると、

「四年の先輩だわ、東京都庁受けるとか言ってなかなか来んけどいい人だわ」

と答えた。僕はつくづく、このたかだか十数日間で、ギセイが僕の知らないうちにサークル内の人間関係を拡げたことに感心した。

「じゃあ、もうほとんどすべての先輩達に会ったの」

と僕が一番知りたいことを聞こうとして探りを入れると、

「会ったけどなあ、肝心な人には会えんのよ」

とギセイの方から話し出した。

「君も名前くらいはもう知ってるやろ?」

とギセイが尋ねた。

「良江さん」

と、僕が答えると、

「そう、良江さん。こんなに頑張ってるのに全く会えないなんて、なんかあるんだで」

そう言ってギセイが、何か考えるように視線を下げた時、カツライスが運ばれてきた。しばし二人はカツライスに集中した。値段のわりに大きくとても美味しいものだった。これが学生の街の味なんだと思えて僕はなんだか嬉しくなった。

「僕もな、あの良江さんに会いたくて、ほとんど毎日サークルに顔出してるけど、全く会えないもんね」

カツライスをほとんど食べてしまってから僕がそう言うと、

「良江さんは文学部三年生らしいけど、なんでサークルに来ないのか先輩に聞いてもなんかはっきりせんでね」

とギセイが言うのを聞いて、彼女の高貴とさえ思わせる美しさと、その存在の遠さが変にマッチして、僕は何故か納得してしまっていた。

ギセイが煙草に火をつけた。たちまちピースの強い匂いが立ち込めた。ギセイのしゃがれたような声はこれが原因かと僕は思った。僕もつられてセブンスターを吸い始めた。そして言った。

「良江さんもそうやけど、このサークル一体何をしてるサークルやろ？　思わない？」

ギセイが答えて、

「そう言えばこのサークルに入ってからずっと毎日あそこに入り浸ってるけど、サークル自体の話はあまり聞かんなあ」

とギセイは言ってから、水を一口飲んだ後で、

「出ようか」

と言って席を立った。

二人で何の当てもなくブラブラと歩いた。僕が、

「あれから白い学ランには会う」

と聞くと、

「あの時は怖かったな」

とギセイが愉快そうに笑った。

「ほんと必死で走ったからね」

と僕が言うと、

「実はな、この前そこの吉野家で牛丼食っとったら、斜め向かいの席の奴、どこかで見たような気がしたんやけどな、あいつだったんよ。白い学ランじゃなくて、普通の格好してたから、なんかかえって変な感じでな、妙に真面目くさった顔して紅生姜なんかどんぶりに移してるんよ。こっちは内心ドキドキもんやけど気付かれんようにしてさっささっさと食って出てきたわ。応援団てさ、何でも部員、ジリ貧だそうであいつにもいろいろ事情あるんだなと思ってもうたわ」

としみじみとした感じで言った。

「でさ、きっとここのサークルにもいろいろ事情あるんだろうけどみんないい人だしな、いろいろ遊んでくれるし、なんといっても楽しいし」

と言うので僕はそれ以上サークルについてとやかく聞くことはやめた。

その日は結局、神田の街を二人で行く当てもなくフラフラさまよった後で、ギセイが気乗りしない僕を無視して「人生劇場」に入り込んでしまったので、僕も三時間ばかりをパチンコ台の前で過ごす羽目になってしまった。僕も仕方なくいろいろと台を変えて打ってみたが、数千円の損失を出しただけで終わった。

ギセイは、戦利品としてチョコレートや煙草などを紙袋いっぱいに獲得して満足そうに笑っていたが、

「帰るのもなんだで、君んちでも行こうか」

と急に言い出した。

ギセイが、僕のアパートに来るのは初めてのことだった。ギセイはもう決まったことのようにずんずん中央線の駅に向かって歩いて行った。僕も後を追いかけた。

新宿で乗り継ぎ、京王線「つつじヶ丘駅」で降りて裏道に入ると、人通りもまばらな緑豊かな細い道が続いている。鳥も梢の上の方からさえずったりして、とても東京とは思えない。道すがらギセイは、周りの景色には無頓着に、

「今日は風呂に入らんとな」

と鼻を肩口に寄せて臭いを嗅いだりしていた。

「うちはお風呂ないよ」

と言う僕に対して、

「じゃあ銭湯にでも行くか」

などと二人して、たわいない話をしているうちに僕のアパートに着いた。

アパートと言っても普通の二階建て民家の二階部分の一部屋を借りているだけで、便所も洗面所も共用だった。二階のもう一部屋には同じく今年から大学生になった青山学院の学生が間借りしていた。

ドアを開けて二階への階段を上がると、その青山学院の学生が自分の部屋から声をかけてきた。彼は山川《やまかわ》と言った。富山出身でどこか間延びしたような話し方をする。

「今日は早かったね」

と山川が部屋から半分、顔を出すようにして言った。

「うん、友達つれてきたから」

と僕が言うとギセイが、

「同じサークルの田原です。よろしくね」

と答えた。

あまりにギセイが、その後も風呂、風呂と言うものだから、僕達は、

「昨日入りそびれた」

という山川を連れて、さっそく近くの銭湯に行くことにした。まだ暮れるには早い春の陽が、三人を優しく包んでいた。それぞれが石鹼の音をカタカタさせながら舗装されていない道を進むと、まるで青春ドラマの主人公にでもなったような気がして心地よかった。

「ゆ」と大きく書かれた暖簾が、瓦屋根が乗った白い漆喰の壁に囲まれた入口に掛けられて風にゆったりと揺れていた。

ほんの数週間前まで大阪の自宅で一人でプラスチック製のバスタブに入っていたことを思うと、僕は少し不思議な気がした。ここにいる二人は、ほんの少し前までは全くの他人だったのだ。

山川とギセイは、もうずっと以前からの友達のように打ち解けている。二人はまだ客のまばらな浴槽に、勢いよく飛び込んでお湯の掛け合いなど無邪気なことをやっている。

「お前ら小学生か」

と言う僕が遅れて湯船に入るとギセイが頭から湯を浴びせかけた。

「お前なあ」

と応戦しようとする僕を湯船の端っこに入っていた初老の男が睨み付けた。僕は二人にも目配せをして大人しく湯船を出ると、三人そろって体を洗い始めた。

山川が僕の股関を覗き込んで、

「長さでは勝つけど太いよな」

と笑いながら言った。

「何、見てんねん」

と僕が前を隠して笑った。今度は山川が反対側にいるギセイを覗き込んで、

「いやあ、田原さんはすごいわ。こんな長いの見たことないわ」

と驚きの声を上げた。ギセイは、素早く隠すと困ったような声で、

「それほどでもないで」

と小さく言った。

急に話題を変えるようにしてギセイが、

「なんかもう四、五日、入ってなかったもんで助かったわ」

と言って大きく伸びをした。僕も体を洗いながら心地よい温かさにうっすらと額に汗をかいて、本当に受験から解き放たれ新しい世界に入ったのだという「解放感」に浸っていた。良江さんには会えなかったしどんなサークルなのかもわからない不安はあったが、とにかく今はそんなことはどうでもよく思われた。

風呂から上がって脱衣場に戻ってくると番台の上の棚に置かれたテレビから「ピンクレディー」の「渚のシンドバッド」が聞こえてきた。

「今、一番人気はこれだわ、これで行くか」

とギセイが唐突に言った。

「え、何それ？」

と僕が聞くと、

「何も聞いとらんのか」

とギセイが問い詰めるように言った。

「何も」

と僕が応じると、

「新歓合宿ってのが毎年あるそうで、新入部員はそこで何か出しもんちゅうか芸せんといかんみたいやで」

とギセイが言うので、

「えっ、それでこれ、二人で？」

と僕は少し驚いて答えながらテレビの画面に見いった。今、人気絶頂のミーちゃんとケイちゃんがかなり速いテンポで実に可愛く踊っている。ここまでの動きは当然出せないだろうが、それなりにでも振り付けに近いものができれば確かにみんなに受けるかもしれない。

そこへ山川が、

「練習するなら俺も手伝うよ」

と口を出してきた。そして振り付けっぽくクロールと平泳ぎのような感じで左右の腕を動かしてから、

「あ、あ、あんあん、あ、あ、あんあん」

と歌いながら次に耳の側で器用に手のひらを回転させた。

「おー、できるやないか」

とギセイが嬉しそうに続いて真似をした。

周りの客の目が気になったが僕も構わず参加してぎこちなく踊った。

三人で踊るピンクレディーは、

「ちょっとあんた達、いい加減にしなさいよ」

という番台のおばさんの怖い顔に止められるまで続いた。

四

「国家論研究会」のブースに顔を出しているうちに、同じ法学部の先輩連中から得た情報を元に、単位の取りやすい科目を選んで履修届を提出した。第二外国語や体育実技もやがて始まったので、大学にはサークル以外にも行くところができたが、相変わらずほとんど毎日、ブースには顔を出していた。来ているメンバーは大体いつも同じでギセイも皆勤賞ものだったが、肝心の良江さんには全く会えなかった。

競争率の高い女子が多い種目には抽選で外れたので、女子の全くいない「剣道」という体育実技を選ばざるを得なかった僕は、その日、汗でねばつき酸っぱい異臭の漂う共用の剣道の防具からようやく解放されて、サークルのブースにやってきた。顔は洗ったもののまだ饐えたような臭いがこびりついているように感じられた。

「いやー、えらい目にあいましたよ」

と僕は『少年チャンピオン』を読みふける三井くんに向かって言った。

「どうしたの？」

と言いながらも三井くんは顔を僕の方に向けることなく『少年チャンピオン』を見たままでゲタゲタ笑っていた。

「ワリイ、この『がきデカ』ってばかばかしいけど面白いよね、で、それで?」

僕は少し話す気が失せたものの、それでも今、体験してきた剣道の体育実技のひどい臭いのことを言うと、

「それでもさ、高校時代からやってる強い奴らに適当に合わしてりゃ終わるんだからまあいいじゃん」

とだけ答えて三井くんはまた『がきデカ』の世界に戻っていった。

その日は、三井くん以外には鈴木さんも他の先輩達もいなかった。僕は三井くんも相手にしてくれないので手持ち無沙汰になってしまって帰ろうと思って腰を浮かした。ちょうどその時にイトケンが、ギセイとカメケンと京子《きょうこ》ちゃんと早苗《さなえ》ちゃんを連れてやってきた。一年生の勢ぞろいである。イトケンの声が大きい。

「なんだ、まだ、日が高いっていうのにお前達もう飲んでるのか?」

と三井くんが『少年チャンピオン』から顔を上げて言った。

「日が高いと言ったってもう夕方じゃないですか。同期で親睦を深めてただけですよ」

とイトケンがいつものソフトな調子ながらも少し大きめの声で言った。

「ほとんど同期会やね」

と僕が言うと、

「今日ここ同期しか、おらんかったからね、みんなで昼飯食いに行ったんよ。君は、いなかったしね。いやあ、昼酒はうまかねえ」

とイトケンは、どんよりと間延びした顔で下駄をカタカタ鳴らした。今日もイトケンは、下駄履きである。

そこへ藤《ふじ》ノ木《き》さんが、

「やあ」

と小さな声で言ってやってきて三井くんの隣に静かに座った。藤ノ木さんも三井くんと同じ二年生である。二枚目俳優のように整った目鼻立ちで、そのうえすらりとした長身である。背の低い童顔な三井くんと並ぶと歳の離れた兄弟のように見える。

その三井くんは『少年チャンピオン』から顔を上げて真面目な顔で隣に座った藤ノ木さんと、三井くんに似合わない小さな声でぼそぼそ何かを話し始めている。藤ノ木さんが時々頷くが、その顔がふっと憂いに満ちたような表情になって映画のワンシーンを観ているような感じさえした。三井くんがどうしても「アイドル」なのがこの場面では残念だなと、どうでもいいことを思っているうちに対角線上に座っていた京子ちゃんがこの「美しい」シーンに素早く反応して、

「藤ノ木さん、お久しぶりです」

と言って立ち上がると、隣で早苗ちゃんが京子ちゃんに何か話し続けているのも無視して藤ノ木さんの方に猛然と近づいた。そしてただぼんやりと藤ノ木さんのもう片一方の隣に座っていたカメケンを押しのけて座り込んでしまった。このカメケンという同期は、僕はまだよく話したことはないが、いつも物静かでそこにいるだけという印象の人である。

経済学部の一年生だということは知っているが、たまに会っても会釈する程度で僕もカメケンも強いてお互いに話そうとはしない。「カメケン」いうのもイトケンが、伊藤健一である自分を「イトケン」と自称しているのと同じノリで亀山謙一《かめやまけんいち》を「カメケン」と勝手に言っているに過ぎない。本人は決して自分のことを「カメケン」などとは言わない。

カメケンは強引な京子ちゃんに表情一つ変えることなく席を譲ると、またおとなしく視線を下げてその隣で座り続けていた。京子ちゃんは少しお酒も入っているせいか、やたら藤ノ木さんに話しかけている。藤ノ木さんはそれでも三井くんの方に顔を向けたままで、時々、申し訳程度に京子ちゃんの方を見て、

「そう」

とか、

「へえ〜」

とか言って彫りの深い横顔で相槌を打っている。その横顔を京子ちゃんがうっとり眺めていた。

話し相手を失った早苗ちゃんは手持ち無沙汰に自分の持ってきたカバンを開けて右手を突っ込んでごそごそしている。早苗ちゃんは、取り立てて美人ではないものの、京子ちゃんにはない都会的なセンスを感じさせる女の子だった。服装のセンスも僕にはよくはわからなかったが、さりげなさの中にも調和の取れた安心感のようなものが感じられた。東京の山の手のお嬢さんってこんな感じかなと思えて、僕には少し近づきがたいところがあっ

た。僕はカバンから女性雑誌を取り出した彼女に声をかけようかとも思ったが、やはりなんとなく躊躇していると、ギセイが早苗ちゃんに話しかけてくれたのでどこかほっとして、そのままにしておいた。

その時、イトケンが、

「こんなにみんな揃ってるんだから、どこか行こうよ、そう、ディスコなんてどう？　行ったことないから連れてってくださいよ」

と三井くんに向かって叫ぶように言った。

三井くんは藤ノ木さんから顔を離して、

「えーっ、こんなに大人数で行くの？」

と困ったような声を出した。すかさず京子ちゃんが、

「ぜひ連れてってくださいよう」

と藤ノ木さんの腕に自分の腕を巻き付けながら言った。

「僕も行ったことないから行きたいわ」

とギセイがすぐさま呼応した。

「ねえ行こうよ、みんなで行こうよ」

とイトケンはますます元気である。

そこへ場違いなスーツ姿の男が現れた。中肉中背という言葉がぴったりときそうな、電車の中で見かけたら少しくたびれたサラリーマンと見まがう男だった。

「宗像さん、就職活動ですか?」

とスーツ姿の男に三井くんが言った。

「むなかた」

以前、ギセイが話していたのを僕は思い出した。

「そんな大袈裟なものじゃないけどね」

と、宗像さんは皆んなを見回しながら、

「なんか楽しそうだね」

と言うと、イトケンが、

「今からディスコに行こうという話になってまして」

と言った。

「ディスコか、いいな、若者達は」

と宗像さんがからかうように言うとギセイが、

「宗像さんも一緒に行きましょうよ」

と続けた。

「俺はもう、いいよ。三井に連れてってもらいなよ」

と宗像さんがさも困ったというように答えた。三井くんが、

「こんなに大勢、私だけじゃ嫌ですよ。それじゃあ、宗像さんも行きましょうよ」

と言うので、イトケン、ギセイ、京子ちゃんが口々に宗像さんを誘った。

「仕方ないなあ、じゃあ俺もついてってやろうか」

とまんざらでもないような感じで宗像さんがニコニコ笑いながら答えたので、この話は本決まりになってしまった。

対角線の向こうでは京子ちゃんが、

「いや、僕はやめとくよ」

という藤ノ木さんにしつこく、しつこく絡みついていた。

その斜め前では早苗ちゃんが、

「三井さん、ステップ教えてくださいね」

と三井くんに話しかけていた。

「いいよ、まかせといて」

と三井くんが早苗ちゃんに向かってにっこり笑った。

「こいつ授業は出ないけど、ディスコには入り浸ってるもんな」

と藤ノ木さんがからかうと、

「うるせぇわ」

と言って三井くんが少年のような声を出して笑った。

藤ノ木さんも、京子ちゃんの攻勢に負けて行くことになった様だった。京子ちゃんは藤ノ木さんの左腕を変わらずしっかりと摑んだままである。勝ち誇ったような笑顔は、頰から下が金魚鉢のように丸く膨れ上がり、分厚い唇が顔全体の膨らみを強調していた。これに警察官の帽子を被せたら、三井くんの読んでいた漫画になると、ふと思ってしまって不謹慎にもひとりでに笑いがこみ上げてきた。

　結局、僕達はさらにこの後でブースにやって来た三年生の佐々木さん、太一《たいち》さん、そして僕達と同期だが二浪の土田《つちだ》さんとも連れだってディスコ目指して出かけることになった。佐々木さんとは、例の入会勧誘の時のブースで会って以来だったし、太一さんと土田さんとはほとんど面識がなく、その時が初対面と言っていいほどだった。

　大挙してぞろぞろと中央線に乗り新宿に着いた。三井くんの馴染みの店ということで東口から歌舞伎町に向かって、何やらあっちの角を曲がりこっちの角をくるくる回った感じの末、やっと店にたどり着いた。店の奥の方には、大きな鏡が四方を取り囲み、一段高くなったステージのような所があった。そこでは天井からいくつかのミラーボールが吊されくるくると回っている。そのステージの手前にはボックス席が、四、五個並び、さらに、その隣には軽食やお酒を楽しめるコーナーが設けてあった。もう日が落ちたのに僕達以外には客は見えない。大音響の音もなくBGM程度の音楽しか流れていない。ステージの天井付近には、人がひとり入ればいっぱいになるくらいの透明のカプセル状のものが、壁に張り付いたように設置されている。多分、そこにDJとか言うレコードを軽妙なトークと共にかける人が入るのだろう。しかし、まだ、誰も入っていなかった。

　マスターらしき男が三井くんを見て近寄ってきて、

「他の客が来るまで貸切状態よ、好きにしてくれていいわ」

と大柄で肥満した体躯に似合わない、しなを作った女言葉で話した。

「ここならあんまり人来ないからさ、練習するには丁度いいんだよ、ちょっと安いしさ」

三井くんはそう言うといつものアイドルっぽい笑みを浮かべた。

宗像、太一、佐々木、土田の四人は、一番奥のボックス席に陣取って、早速、唐揚げやピザとビールを「軽食、ドリンクコーナー」から持ってきて、周りと隔絶された「居酒屋」の雰囲気を醸し出していた。僕達一年生と藤ノ木さんは三井君と一緒にステージの上にいた。もっとも藤ノ木さんは「居酒屋」に行きたそうだったが、隣で京子ちゃんに腕をしっかりと摑まれて身動きが取れない。

三井くんは、僕達のために、

「ディスコの基本ステップ」

と書かれた雑誌の切り抜きを見せながら、あまりテンポの速くない音楽に合わせて踊ってみせた。早苗ちゃんが続いて踊り始めた。二人のステップはさまになっている。触発されて藤ノ木さんと京子ちゃんが、ぎこちなく動き始めたのを見て、僕とギセイとイトケンも乱入した。その時、僕はカメケンのいないことに気付いてイトケンに、

「カメケンは？」

と聞くと、

「彼、新宿駅、降りたとこまではいたんだけど、店に入ってからは見なかったから帰っちゃったのかな」

と下駄のままでステップに合わせようとしてカタカタ鳴らせながら言った。

「伊藤君さ、下駄、うるさいし、メチャクチャなんだけど！」

と三井くんが叫んだので僕はカメケンのことはそれ以上、聞けなかった。

「あのさあ、せめて、この『シェイク、シェイク、シェイク』の所くらい合わせてよ」

と三井くんがさらに叫んだ。

ギセイもステップと言うより足踏みだったたし、藤ノ木さんは、くっつこうとする京子ちゃんから離れようともがいていたが、引きずり回されて、それが結構、少ないあかりの中でダンスっぽく見えていた。僕は、何とか曲についていこうとしていたが、全くステップが合うことはなく、喉をからしては「ドリンクコーナー」に行って水割りで喉を潤すとまた戻ってきて、ただ体をぎこちなく動かすという作業を繰り返していた。酔いが回るにつれてもう、ステップ等どうでもよくなり、ただ自分なりにリズムに乗って僕は体をくねらせていた。

時折、照らし出されるミラーボールの直線的な光のなかで、三井くんと早苗ちゃんのシルエットだけが、いつの間にか音量を増していた音楽に軽やかに乗って、唯一、ディスコらしさを感じさせていた。他はもう、酔いのせいもあってただくるくる回っているだけで、イトケンなどはどこから見ても、田んぼで雑草を引っこ抜くお百姓さんといった感じがした。ステップは合わなくても、

「シェイク、シェイク、シェイク」の時だけは、イトケンもギセイも獣のように声を合わ

せて咆哮した。

ここのお店は、僕達のためにこの「シェイク、シェイク、シェイク」の曲ばかりをかけてくれていたんだと、お酒で濁った頭で気がついたのは、僕も何回目かの「シェイク、シェイク、シェイク」で咆哮してからだった。

曲はようやく「ザッツ・ザ・ウエイ、何とかかんとか」というものに変わっていた。

「藤ノ木さん、藤ノ木さん」

と叫ぶ京子ちゃんの声がステージの方から聞こえた。少し飲み過ぎた感じで、ドリンクコーナーでミネラルウォーターを飲んでいた僕は、「ザッツ・ザ・ウエイ何とかかんとか」の大音響ものともしない絶叫に似た声に驚いてステージの方を見た。どうやら、トイレに行くと言って京子ちゃんのもとを離れた藤ノ木さんが、帰ってこないでそっとひとりで帰ってしまったようだった。お酒がまわっているせいか、京子ちゃんの絶叫はますます高まり、側で早苗ちゃんがなだめている様子が見てとれた。

みんなはなんとなく興ざめしてボックス席の方へ移動した。僕もボックス席に戻るとギセイが近づいてきて、

「良江さんは何で来ないんや」

とすでに呂律の回らなくなった様子で僕に顔を近づけて言った。僕はその酒臭い顔を避けながらも、

「そうだ、こんなに通いつめてるのにおかしい！」

と同調して声高に言った。

「我々は良江さんが目的で入ったのにこんなの詐欺だ」

とギセイが続けた。そこに、三井くんが早苗ちゃんと京子ちゃんを連れてステージから帰ってきた。京子ちゃんはまだ、しつこく泣いている。

「私、嫌われた」

というとテーブルに顔を伏せてさらに激しく泣き続けた。僕とギセイは機先を制された感じで少し気後れしたもののそれでも、意を決して、

「良江さんはどうしていつも来ないんですか？」

と三井くんに尋ねた。

京子ちゃんの背中を軽く叩くようにしてあやしていた三井くんは、

「なんだ、おまえら、そういう魂胆だったんだな」

と言って笑った。早苗ちゃんは少し驚いたような顔をしたが笑っていた。三井くんは、

「彼女はいろいろ忙しいの、ほら、選挙も近いし」

とだけ言った。僕達が怪訝そうに三井くんにさらに尋ねようとした時に、再び大音響の「シェイク、シェイク、シェイク」が始まった。イトケンが下駄の音を響かせて再びステージに上がって、田んぼの草取りを始めた。なにやら、天井に向かって絶叫している。

僕とギセイは、三井くんに確かめるのは諦めてステージから一番離れたボックス席に座っている宗像さん達の方を見た。彼らはステージ上がどうなっていようとどんな曲がか

かっていようと関係なく、四人でただ黙々と飲み続けていた。

　僕とギセイは、イトケンが絶叫しているステージには向かわずに、ボックス席に向かって行った。ボックス席に着くとギセイが開口一番、回らない舌で四人に言った。

「どうして良江さんは、顔を出さないんですか!?」

　自分達だけで「居酒屋」の雰囲気を作り出していた四人は、突然の闖入者に少し驚きながらも太一さんが構わず、

「そんなことより、今度の統一地方選挙こそ」

　と、目を閉じて頭を左右に振るようにしながら力強く言った。

　僕とギセイがあっけにとられていると宗像さんが、居酒屋からこちらの世界にゆっくり帰ってきたという感じで、太一さんの肩に手を置き軽く叩いて制しながら、

「なんだ、君らはそういう下心だったんだな」

　と笑いながら言った。ギセイが、

「あんな綺麗な人、見たことないで」

　と言ったので、僕も隣で頷いた。

「あのなあ、女なんて、顔はついてりゃそれでいいんだよ」

　と土田さんが呆れたように言った。

「そういう風に達観できるようになるために、お前、二浪もしたんだろ」

　と、佐々木さんが冷やかした。

「貴重な年月でした」

と土田さんが真面目に言うので僕を含めてみんなで笑ってしまった。

「まあ、なんだな」

と宗像さんが酔いのせいか少し気だるそうに、

「ま、そのうちに来るけどさ、そんなに、君達、彼女に期待なんかするんじゃないぞ」

と真面目な顔で言った。僕もギセイもその一言で酔いも覚めてしまった感じになり、それ以上は尋ねることもできず、もといた席の方に戻って行った。

戻ると、京子ちゃんが酔いつぶれたのか、テーブルに顔を伏せて動かない。イトケンと早苗ちゃんが両端から介抱していた。突然、京子ちゃんが、カバッと顔をあげると、

「気持ち悪い」

と言って立ち上がろうとした。その瞬間、

「おぇ」

と短く発すると、口を手のひらでおおった。

「トイレや、トイレ」

とイトケンが叫びながら京子ちゃんを抱きかかえて小走りに便所に向かって行った。早苗ちゃんも後に続いた。

結局、「ディスコパーティー」はそれでお開きということになった。

「藤ノ木さん、藤ノ木さん、私を置いていかないで」

と藤ノ木さんを連呼する京子ちゃんを無理やりタクシーに押し込んで、イトケンと早苗ちゃんが送り届けることになった。三井くんは、水を得た魚のように歌舞伎町のネオンの中に一人でさっさと消えて行ったし、ギセイは宗像さんに、

「都庁、採用試験の勉強、いいんですか？」

と聞くと、

「いいんだ、いいんだ」

とよく回らない舌で叫ぶ宗像さんや土田さん、佐々木さんと一緒に雀荘に連れだって行ってしまった。

気がつけば僕は太一さんと二人で駅に向かって歩いていた。僕は名字さえ知らなかったので、みんなが呼ぶように、

「太一さん、こっちの方なんですか？」

と尋ねた。太一さんは聞き取りにくい小さな声でぼそぼそと、

「京王線の千歳烏山なんだ」

と答えた。

太一さんを地下のサークルのたまり場で初めて見た時、以前、どこかで会ったことがあるような気がしたものだが、僕は今、それが誰であるのかハッキリとわかった。小学生の頃、テレビで観ていたアニメの『巨人の星』の「左門豊作」その人であった。近くで見るとその丸い鼻といい、太い眉毛といい、まさしく彼そのもののように思われた。

「ほとんどお隣ですね。僕はつつじヶ丘ですよ」

と、言うと太一さんはまた、くぐもった声で、

「僕のところに寄ってく？」

と尋ねた。まだ時間も早く僕は断る理由も見いだせなかったので、

「それじゃあ、少しだけ」

と言ってしまった。

京王線に太一さんと二人で乗り込み、並んで吊革を握って窓外の景色を見ていた。太一さんは一言も口を利かない。僕は気まずくなって無理して、

「ご出身はどちらですか？」

とか
「この時間、混んでますね」

などと当たり障りのないことを言っても、

「和歌山」

とか、

「そうだね」

といったワンフレーズしか返してくれない。仕方ないので僕は千歳烏山駅に着くまで黙って窓の外を眺めていた。

千歳烏山駅で降りて商店街を通り抜け暗い方へ暗い方へと太一さんに連れられていくと、

木造二階建てのアパートがくすんだ灰色の街灯に照らし出されて現れた。

「ここだよ」

と久しぶりに聞いたような気のする太一さんの声に促されて外付けの階段を上った。上るたびに階段の鉄板の音がカンカンと響いた。

太一さんが木製のドアの鍵を開けるのを待って、続いて中に入った。

靴を三足も置いたら一杯になるくらいの玄関にスニーカーを遠慮がちに脱いで部屋に上がった。あがるとそこが小さな流し台と冷蔵庫を置いた台所、そして奥に四畳半一間だけの間取りだった。太一さんが、木製の机の前のパイプ椅子に先に座って、

「狭いけど、その辺に座って」

と促した。

僕は四畳半の部屋に入って驚いた。四方の壁が本棚で囲まれており、しかもぎっしりと本が詰め込まれていたのだ。しかも床のあちこちには本棚に入りきらない本の山ができていた。

「座れ」と言ったって、と僕は思った。座る目印になるような小さな折り畳みのテーブルさえないのだ。僕は仕方がないので、端にある本の山をひとつ手で押しやってそこに座った
「これ、全部、読んだんですか？」

と僕が聞くと、

「まあ、だいたいね」

と、太一さんは答えた。太一さんも法学部だから憲法や民法や刑法といった法律書があるのは当たり前だったが、カール・マルクスやエンゲルスといった、教科書でしか聞いたことのないような人の全集ものがずらりと並んでいるのが壮観だった。

なかでも「資本論」と背表紙に金文字で書かれた五冊もあるだろう全集ものが目を引いた。

「ちょっと見ていいですか？」

とことわってから、ハードケースから引き出して本を開くと、いたるところに赤や青でアンダーラインが引いてあった。試しに全集の最後と思われる第五巻を開いてみてもそれは同じだった。

「もの凄いですね」

と僕は嘆息交じりで言った。

「ま、学生だからね、時間はあるでしょ」

と、太一さんがぼそりと言った。そして、

「どう、国研は？」

と思い出したように付け足した。

僕は本棚の中から新聞社発行の週刊誌を見つけ出しそのページをめくりながら、

「皆さんによくしていただいていますので」

と答えて、

「ああ、この週刊誌くらいなら僕でもわかりそうです」

と言ってそのグラビア記事を示した。それは去年の終戦記念日に合わせた記事のようだった。高校の日本史の教科書でも見たことのある、終戦の日に皇居前広場でひざまずく人々の写真だった。太一さんに示しながら、

「まあ、こてんぱんに、負けましたからね。でも、日本も『ABCD包囲網』でしたっけ、教科書にも載ってましたけど、経済的に追い詰められましたしね」

と軽い気持ちで言った。

「君は教科書で学んだことが正しいと思っているの？」

急に太一さんが今までと違った調子でハッキリと言った。僕は何か気に障るようなことでもしでかしたのかと驚いて、太一さんの顔を見た。目が薄暗い部屋の中でも輝いて見える。

「それは君、A、アメリカ、B、イギリス、C、中国、D、オランダが『日本包囲網』を作って日本を経済的に追い詰めて、その経済封鎖を打ち破るための『やむにやまれぬ戦争』だったということだね」

と、何か原稿を読むようにすらすらと言った。

お酒だけじゃない顔の紅潮感さえ感じられてくる。僕はあまりの太一さんの豹変ぶりに何も答えられずにいた。

「それはねえ、戦前の軍部が使っていたロジックをそのまま復活させたものだよ」

僕はかろうじて、

「でも、教科書にも載ってたことですし」

とだけ言った。左門豊作の太一さんは決して大きくない目を二倍くらいに見開いて、

「君は教科書に書いてることはみんな正しいと思ってるのか」

と僕の目を睨むようにして言った。

「君は『期待される人間像』というのを知ってるか？」

太一さんが太い眉毛を吊り上げ目を見開いて続けた。僕が力なく首を横に振ると、得意気に続けた。

「確か昭和四十一年だったと思うけど、中央教育審議会の答申でね、すべての日本人、とくに教育者その他、青少年の人間形成に携わる人々の参考とするためのものとしての教育理念なんだけど、そこにはね、『宗教的情操』や『天皇への敬愛の念』などが強調されていて、教育の反動化と軍国主義化を図ろうとするものなんだな。君の習った教科書は、まさしくその表れだね」

そう一気に話した太一さんの顔は何かに取り憑かれたように目は一点を見つめ、高揚感で潤んで見えた。

「このまま行くとどうなると思う？　反動自立党政権は、財界とつるんで国民をないがしろにして、またまた、戦争へと我々を駆り立てることになると思わんか！　我々、社会科

学を学ぶ者はだな」

僕は何か反論しようと思ったが、太一さんの鼻腔さえも膨らませた、確信に満ちた様子に無力感さえ覚えて、

「はあ、そうですか」

と気のない返事をしただけで済ませた。僕の当惑仕切った様子に、やっと太一さんは気づいたのか、いつもの朴訥とした太一さんに戻って、

「お茶でもいれようか」

と、立ち上がると狭い台所でヤカンに火をつけた。急に元の無口な太一さんになってしまって、そうなると僕はますます何も話せなくなってしまった。部屋にはヤカンのシュンシュンという音だけが響いていた。お茶を飲む間も気まずくなった僕が、

「太一さんは、和歌山のどちらですか？」

と尋ねたのに対して、

「新宮」

と一言、答えただけの太一さんを残して、僕はお茶を飲み終えると、そそくさと部屋を辞した。

太一さんの取り憑かれたような変貌ぶりに僕は帰り道で、

「いったい何のサークルなんだろう？」

という疑問が、不安とないまぜになって僕の頭の中を駆け巡っていた。

五

ギセイは頻繁に僕の部屋に泊まりにきた。山川と三人で近くの銭湯で「渚のシンドバッド」を踊って以来、サンチカのたまり場で顔を合わせたりすると二回に一回はやってきた。山川がいればまた三人で「渚のシンドバッド」を踊ったり、酒盛りを始めて、

「良江さん好きだ！」

とギセイと二人で叫んで階下の住人から、

「うるせえ！　静かにしろ」

などと言われながらも、一向に気にせず騒いでいたが、夜も遅くなると打って変わってギセイは急に神妙な面持ちになることがよくあった。先輩達の間を麻雀だ、パチンコだと言ってひらひらと蝶のように舞っている昼間のギセイとは、一八〇度違った印象を与えるものだった。

「こんなふうにね」

とギセイが、三井くん風な標準語アクセントで言った。近頃、話し言葉が岐阜と東京の間をうろうろしている。僕は気恥ずかしくてまだ東京の言葉は特に意識しないと使えない。

「友達の家を泊まり歩くことなんてできなかったからね」

とギセイが、続けた。

「何で？」

と尋ねた僕に、

「母親がとにかくうるさくてね」

と眉をひそめた。

「小さい頃からやれ、ピアノだ、水泳だって習わされてきたんだけど、中学生になったら高校受験だし、高校に入ったら大学受験だろ」

ギセイの話を聞きながらふと、僕は僕の母のことを思っていた。病弱だった父を支えていろいろなパートをしながら僕を育ててくれた人だった。もちろん僕の家には息子に習い事などさせる余裕はなかった。大学の入学式が終わった後、東京駅で大阪へ帰る新幹線に乗り込む母を見送った時、母はワッと泣き出した。新幹線の扉がしまっても涙で歪んだ顔でずっと僕に手を振っていた。

「東京に来てさ、俺はせいせいした訳よ」

と言うギセイの強い口調で、僕はギセイとの会話に戻った。

「確かに僕も高校の時は受験勉強以外には特にできなかったけど、親からとやかく言われたことはなかったたな」

と言う僕に、

「うちはな、なんかにつけて口出ししてくるで」

と岐阜弁に近くなって、

「大学落ちて一浪した時なんてな、俺よりも母親の方が落ち込んでしもてな、もう、大変やったで。飯も喉、通らんようになってな、その時から、なんかもう、鬱陶しさを通り越して諦めてもうた、いうんかな」

ギセイは、一気に話すと、ピースに火を付けた。僕は日頃セブンスターを吸っていたが、さすがにピースはきつすぎて手を出そうとは思わなかった。そんなピースをギセイはいつもひっきりなしに吸っている。

「今でもしょっちゅう手紙が来るし電話も部屋に引けってうるさいんやが、引いたら最後で日に何度も掛けてきそうでな。まあ、それ以外はお母さんのやりたいようにさせとるんよ。これで頻繁に上京されたらたまらんからな」

とギセイは少し顔を歪めて笑った。

「で、母親の言う通りにここまで来たらな、気がついたら俺は自分で何かやったことがないんだなあ。こんな夜遅くまで話せる友達もおらんかったしな。そいで、やっと母親からも離れられたし、俺に何ができるか試してみたいんだわ」

と言うと明るく笑ってみせた。

その点は僕も同じだと思った。僕も何ができるかわからないけど今までの僕と違って何かをやってみたいと思っている。中学生の頃からずっと僕を悩ませ続けた対人恐怖症的な頬のひきつりも、上京以来、すっかり影を潜めている。現に、ギセイや山川や三井くんらと話しても頬のひきつりは出てこない。

「そうだよね、何か僕達にもできること、あるかも知れんしね」

と僕が言うとギセイは僕の空になっていたグラスにビールを注いでから、

「頑張ろうぜ」

と言って自分のグラスを高くかかげた。僕達は乾杯した。それからの二人はいつものようにどちらがより良江さんに相応しいか、愛しているかなどとたわいのないことを言いながら、酔いで頭がくるくる回ってくるまで飲み続けた。

そしてその後はいつも、僕の一人用の布団で一緒にくるまって眠るのだが、どういう訳かギセイはしっかり寝付いてしまうといつも僕に体を摺り寄せてきた。ギセイの寝息は、ピースのきつい臭いがアルコールと混じり合って何とも言えず鼻をつく強烈なものだったが、頭の中を駆け回る酔いの勢いでやがて僕も深い眠りに落ちていった。ギセイの肉の薄い華奢な骨ばった体の感触だけが翌朝まで残っていた。

六

ラジカセをオンにするともう聞きなれてしまったイントロが流れてきた。

「アアアンアン、アアアンアン」

僕はギセイと顔を見合わせると左右の掌の親指を天井に、人差し指をピンと前に突き出してピストルのような形を作ってから、それを耳のそばでリズムに合わせて上下に振りながら、ステップを踏み始めた。ギセイも僕も適度に酔いが回っていたので、足元は少し覚束ないものの、恥ずかしさが紛れてかえって救われていた。細かい振りはできないまでも、山川も交えて頑張って練習してきた甲斐もあって、観ている人に「ピンクレディー」らしくは見てもらえたようだった。

三井くんも佐々木さんも、太一さんも宗像さんも大笑いしているのが壇上から見てとれた。

ここは、八王子にある、学生を対象にしたセミナーハウスの食堂であった。ただ、普通の食堂と違って前方に申し訳程度だが舞台が設えてあった。宴会場としても使えるようになっている。今日から三日の予定で僕達は国家論研究会の新入生新歓合宿に来ていたのだった。

僕は、少しはみんなに受けたように感じて昼間の失敗がちょっとはやわらぐような気がしていた。

新歓合宿に備えて僕達新入会員に入会以来、初めて「課題」が出されていた。それは「大月文庫」の『賃労働と資本』を読んできて、一年生全員でそれぞれに割り振りされた箇所の内容を解説するということだった。「労働」「商品」「資本」等々の言葉が随所にちりばめられ、高校の時、現国が得意だった僕ではあるが何が書いてあるのかあまりよくわからなかった。

それぞれの会員がお昼過ぎくらいからぼつぼつとこのセミナーハウス目指してやって来た。そして午後二時から二十人も入ればいっぱいになる「ゼミ室」で新入会員による各自の担当箇所の発表が始まった。チューターと言ってゼミを進行する係として三井くんが就いた。佐々木さんも何をするのかよくわからないが「オブザーバー」と称して三井くんの隣に座った。三井くんによると藤ノ木さんは欠席のようで、その他の先輩連中はまだ、来ていないようだった。

いつもの雑然としたサンチカと違って、黒板を前にして一人ずつゆったりと座ることのできる事務机がコの字型に組んであった。清潔ではあるが無機質な感じのする部屋は、ちょっとした会社の会議室といったところであった。

雰囲気に負けたのか、ギセイもイトケンも冗談ひとつ言わずおとなしく座っている。早

苗ちゃんも京子ちゃんも黙っていた。土田さんだけが、

「なんかこういうの、読むと懐かしいっていうか、気持ちが初心に戻るっていうか」

とひとり楽しそうに話していた。チューターの三井くんが、

「じゃあさ、君がチューターしてくれたっていいんだよ」

と言うと、土田さんが、

「いやいや、一応、ここでは三井さんが先輩だしね」

と言って笑った。

「じゃあ、そろそろ始めようか」

という佐々木さんの一言で「勉強会」が始まった。

初めの発表者は、イトケンだった。テキストの字面は追っているが内容にはあまり立ち入っていないように感じられたが、さすがに年の功、そつなくこなしている。閉めきった部屋にはイトケンの声しか響かない。僕はだんだん落ち着きを失い、心臓が高く波打ってくるのを感じ始めていた。

「これはまずい」

と僕は焦った。掌に滴るほどの汗をかき始めていた。喉がカラカラに渇いた。鼓動が耳の奥で大きく高鳴り頭の中で鈍く響いた。

イトケンの次は早苗ちゃんだった。小さな声で発表していた。耳をすまさないと聞き逃してしまう。でも、もう、僕には聞き取る余裕もなくなっていた。「賃労働が、資本家が、

搾取が」等という言葉は断片的に聞こえてくるのだが、抑圧感でさっき食べた昼食さえ戻してしまいそうな気がしてきた。目の前がぐるっと回った感じがした時に、三井くんの声が聞こえた。

「じゃ、次ね」

と僕の方を見て促した。僕は、

「えー、では、えー」

とだけ言うとうつむいてしまった。右頬の上の辺りが激しく痙攣を始めていたからだ。みんなが僕を見ていた。誰ひとり話さない。驚くほど静かだった。小さな文庫のテキストを持ち上げて不自然に右頬を隠しながら、辛うじて僕は、書いてきた自分のレジュメを単に読み上げるだけの発表を終えた。

発表を終えた時、三井くんが僕にかけた一言が心に鋭く突き刺さった。

「ホントは君って、真面目だったんだなあ」

踊るうちにますます酔いが回ってきた僕は『渚のシンドバッド』を、昼間の出来事を打ち消すかのように大胆に、そしてちょっとセクシーにアレンジして踊り終えた。みんながうまい具合に笑い転げてくれていた。僕はそっと三井くんを目で探していた。三井くんも笑ってはいたが、その目は、僕をどこかで憐れんでいるように思えてならなかった。

僕とギセイが踊り終えて舞台を降りた後は、イトケンが『黒田節』を歌いながら何やら怪しい踊りを披露した。彼もすでにかなり酔っていて足元もフラフラで踊り終えると同時にその場に大の字になって寝転がってしまった。みんなが、寄ってたかってイトケンを粗大ゴミのように舞台から片付けた後、早苗ちゃんと京子ちゃんが二人で口直しのように、森山良子の懐かしい爽やかなフォークソングを歌って一年生の出し物は終わった。

その後は遅れてポツポツとやってきていた三年生や四年生の中からあの太一さんが、

「太一、やれやれ！」

などと囃されながら壇上に上ってきた。来たばかりなので一杯ひっかける間もなくほとんどシラフで、テレビでヒット中の『電線音頭』を、振りつけながらいたって真面目に踊った。そのぎこちなさがかえって見る人の笑いを誘って大いに盛り上がった。

むくりと起き出したイトケンや便所に何度も吐きに行って青白い顔をしたギセイが、遅れてやってきた宗像さんを無理やり舞台に引き上げて、訳のわからない大騒ぎになっていたところで、急に宗像さんが「五つの赤い風船」が歌ってヒットした『遠い世界に』を歌い始めると、舞台に上がっていない者を含めて全員の合唱となった。

僕は聞いたことのある歌といった程度だったが、先輩連中は何やら歌に熱がこもっている。「明日の世界を探しに行こう」という歌詞の部分ではどの先輩にもお酒が入っているせいだけとはとても思えない熱っぽさが感じられた。

僕もうろ覚えの歌詞で三番まで歌いながら、舞台から食堂の入口の方に何気なく視線を移すとそこで目が釘付けになってしまった。

良江さんだった。

食堂の入口付近の柱にもたれるような感じで遠慮深そうにそっと佇んでいた。遠くてよく見えなかったが、白く透き通るような顔には神々しいような光が感じられた。彼女のいる周りだけ世界の色が違って見えた。

「遠い世界に」に続いて「ここはお江戸か神田の町か」という、戦前から学生の間で歌い継がれてきたという『中庸大学節』に曲目が変わり、歌詞につられて質実剛健で羽織袴を穿いたバンカラな学生のイメージが頭をよぎっているうちに、今度はさらに「ひとつ出たホイのよさホイのホイ、一人娘とやる時は」と春歌シリーズが始まって、『東京音頭』や『リンゴの唄』の替え歌も飛び出して、土田さんを中心にして大騒ぎとなってしまった。僕はその歌詞の卑猥さに大笑いし、昼間の出来事も心の中から薄れていくような感じだった。それに今は、入口近くにいる良江さんのことが何よりも気がかりだった。

良江さんも楽しそうに笑い転げていたが、

「じゃあ、みんな、舞台に集まって！　シュプレヒコールやるぞ」

と宗像さんが号令をかけたのを機に良江さんは外に出て行ってしまった。舞台から降りて少し離れた所にいた僕も、お手洗いに行くようなふりをしてそっと良江さんの後を追った。壇上では、僕と良江さんを除いた全員が、腰を入れて両足を踏ん張りながら、右手の拳を固く握りしめて地面に向かって振り下ろして、

「フォイスカ、ズンバ、ズンバ、ズンバ、フォイスカ、ズンバ、ズンバ、ズンバ」

となんかの呪文のように叫びながらくるくるその場で回りながら踊っていた。

建物から一歩外に出ると、初夏のあまり湿気を含まない風が心地よかった。みんなのざわめきが風に消されて遠くに聞こえた。

僕はドキドキしながら、それでもまだ残る酔いの勢いを借りて良江さんを探した。この食堂がある瀟洒な白い建物も夜の暗さの中に沈んでいた。建物の前は入口からつながる小さな公園になっていて、滑り台やブランコやシーソー等も置いてあった。僕は公園を横切りながら、良江さんを探した。

目が暗さに慣れてくると二つ並んだブランコの右側に人影が見えた。長い髪が軽く前後するブランコの揺れにつれて波打つようだった。僕はためらいながらも近づいて声をかけてみた。

「あの」

弱々しい声しか出なかった。良江さんらしい女性は、背後からの声に気づかないようだった。ずっと無心に揺れていた。僕は少し声を大きくして再び声をかけてみた。

良江さんのシルエットが振り返って僕を見た。

「あら、あなたは、さっきのピンクレディーの」

と言って良江さんは楽しそうに笑ってくれた。

「あ、見てたんですね」

僕は恥ずかしさも混じり合って、どぎまぎして答えた。

「私がここに着いた時にちょうどやってたから、ずっと最後まで見てしまったわ。二人、息、ぴったりね」

　僕は良江さんの前に回って、

「あの、僕、覚えてます？」

　と尋ねた。

「ピンクレディーさんじゃなくて？」

　公園の端にある街灯が良江さんの端正な顔を淡く照らし出していた。僕は相変わらずの美しさに内心で嘆息した。

「ほら、その前に一回、お会いしてるんですけど」

　と僕が言うと良江さんは僕の顔をまじまじと見てから言った。

「ああ、新入生勧誘の」

　そう言ってニコニコと微笑んだ。僕はその笑顔に引き込まれそうになっていた。前に突っ立っている僕に対して良江さんが、隣のブランコを促した。僕は良江さんと並んでブランコに座り、軽くこぎだした。幸福感が湧き上がり頭の中を原色に染めあげた。

「もう、国研慣れた？」

　と、良江さんが軽くブランコをこぎながら聞いた。

「ええ、でも、まだ、ちゃんとしたゼミは今日が初めてなんで」

　と僕は答えながら昼間の頬のひきつりを思い出してしまった。

「緊張しちゃって」

と僕が、ぼそりと言うと、

「私なんか、だいたい何書いてるのかさえわからなかったんだからね」

と言って軽く空を見上げた。僕もつられて空を見上げた。東京でもここまで来ると星がかなりはっきり見える。

「でも、そのうち、何となくわかってくるから大丈夫よ」

と、良江さんは続けた。

「でも、本当は今でもわかっているのかなあ」

と付け足した。

「太一さんなんかすごいですよね。お部屋にこの前行ったんですけど、難しそうな本でいっぱいでしたよ」

と、僕はずらりと並んだ『資本論』を思い出していた。

「彼は勉強家だからね。でも、どうなんでしょ、頭でわかるのと心でわかるのとは別のような気がするのね」

僕が何と答えていいのかわからず、口ごもっていると、後方から近寄ってくる人の気配がした。振り返ると、こちらを見て手を振っている。心なし、足元が覚束ない。

「なんや、こんなとこにおったんか」

ギセイだった。

「お前、ズルいで、こんなとこで」

と言いながらも、良江さんに向かって、

「あ、こんばんは、来られてたんですね」

と会釈した。

「ごめんなさいね、私、ああいうの、ちょっと苦手で」

と、良江さんが答えた。

「いえ、そんな、彼に言っただけですから」

とギセイが若干、うろたえぎみに答えた。

「じゃあ、そろそろ戻りましょうか」

と言って良江さんがブランコを降りて、ポツンとあかりの灯った食堂の入口の方に向かって歩き出した。僕もギセイも後に続いた。


みんなで騒いでいた食堂は電気が消され、すでに静まりかえっていた。僕とギセイは宿泊所となっている三階に向かって階段を上って行った。良江さんも自分の部屋に戻ったのかいつの間にかいなくなっていた。ギセイがどうして僕が良江さんと二人並んでブランコに乗っていたのかとしつこく問い詰めた。偶然だと答えても、

「そんなラッキーな偶然なんかあるか！」

としつこく、くいさがった。

二人で二階まで上ってきた時、どっと弾くような笑い声が聞こえてきた。多くの男女の歓声がそれに続いた。

「ここのセミナーハウス、今夜は俺達だけやからな、みんな、場所変えて騒いどるで」

とギセイが元気な声で言った。彼の関心が、僕が良江さんと並んでブランコに乗っていたことから急に離れたようだった。

「俺も行ってくるわ」

ギセイはそう言うと引き込まれるように声のする方へ歩いて行くので、今夜の宿舎ではギセイと同室になっていたことを思い出して僕も彼に続いた。

煌々と明かりがついていてドアが半ば開いたままになっている部屋があった。ギセイに続いて僕がその部屋に入ると、めざとく見つけた三井くんが、

「こら、お前達どこに行ってたんだ」

と、呂律の回らない舌で叫んだ。部屋の入口から見渡せば、ほぼ全員が食堂から移動してだらしなく座って飲み続けていた。部屋の真ん中に置かれた折り畳み式のテーブルの上にはスナック菓子等のおつまみが転がっている。この部屋に備え付けられた布団を押し入れから取り出して、その上に転がって眠っているのは佐々木さんだ。その隣でイトケンが土田さんとプロレスの技をかけあってふざけていた。早苗ちゃんと京子ちゃんがそれを見てキャッキャキャッ、笑っている。宗像さんと太一さんは、一升瓶を前に何やらぶつぶつ言いながらコップ酒をあおっていた。

部屋中にうわんとした唸るような音がこだましていた。

その時だった。

「何だ、てめえら、なにやってんだ」

よく通る低い声が鼓膜をつんざいた。みんなの声が一瞬にして止まった。プロレス技をかけられたままの土田さんが、

「あ、福田《ふくだ》さん」

と言って止まった。他の連中も動きを一斉に止めていた。佐々木さんは起きなかったが、宗像さんと太一さんはバネで弾かれたように立ち上がると、すっかりシラフに戻ったようなしっかりした足取りで福田さんと呼ばれる男の前に出て行った。一年生は、土田さんを除いて全員、いったい誰が来たのかわからず茫然と見守った。

「何だ、これは、なにやってんだ」

と、福田と呼ばれた男が続けた。福田さんは丸い大きな頭にストレートな髪を肩近くまで伸ばしていた。その髪を左右に揺り動かすようにして肥満気味の体躯でテーブルの前まで歩いて行ってどっかと座った。長髪ではあるが頭のてっぺん部分が薄くなっていて天井の蛍光灯が白く映し出していた。

宗像さんと太一さんが、かしこまったように福田さんの前で正座した。佐々木さんもようやく起き出してきて、福田さんにペコペコ頭を下げながら並んで座った。

「お前達がしょっぱなの合宿やるって聞いたから来てやったら、これは、なんだ！　ラン

チキやってんじゃねえよ」

福田さんは、少ない髪を揺らしながら言う。

「何も飲んじゃいけないなんて言う気はないよ。だけど、今日が初日だろ？　明日からもう、二日酔いか？　いいか、本質を忘れてどうする！」

ここで初めて福田さんは、周りで固まっているようになった僕達に気付いて、

「ああ、いいからお前達はもう寝ろ」

と言った。僕達はすっかり酔いがさめてしまった感じでのろのろと立ち上がると部屋を出て行った。僕は、前にいる三井くんに小さな声で、

「どなたなんですか？」

と尋ねた。三井くんは、聞こえるか聞こえないかくらいの小さな声で、

「五年の先輩」

とだけ言った。

新入部員は各自、それぞれの部屋に戻って僕もすぐに布団にもぐり込んだが、すっかり目が覚めてしまって、今起こった福田さんのことはもとより、久々に出てしまった頬のひきつりのことや良江さんの女神のような美しさ等など、今日の出来事が頭の中でくるくると回転した。やがてギセイが、イビキに近い寝息をたて始めた頃になって、僕もようやく眠りについた。

福田さんは結局、三日の合宿期間のうち二日ほど一緒にいて各ゼミを順番に覗いてまわった。ゼミは新入生、二年三年合同、そしてあとは興味に任せてテーマに絞ったゼミが、学年に関係なくひとつ開かれていたが、福田さんは主に、我々新入生のゼミに顔を出した。前回は緊張したと言ってもまだチューターが三井くんだったから、今から思えば少しは気楽な方だったが、今回は福田さんが怖い顔をして一同を睨みまわしている。特に福田さんは発表者にいろいろと質問を繰りだして、京子ちゃんなんか最後はワッと泣き出して便所に駆け込んでしまうほどだった。僕は幸いに発表者の役目は前回で終えていたからよかったが、決して福田さんと目が合わないように気をつけて、ずっと視線を下げたままでいた。

福田さんは、宗像さんや佐々木さんにさんざんに小言を言った後で二日目の夜に帰って行った。

福田さんが帰ってから僕は食堂で良江さんを見つけると尋ねた。

「福田さんて、五年生なんですよね。就職しないんですか？」

良江さんは、少し考える様子をしてから、

「そういう人なの」

とポツリと言った。

七

車一台がやっと通れるくらいの入口の通路で、左手にある守衛室から初老の男性がしかめっ面を覗かせて尋ねた。

「あんたらは？」

佐々木さんが、

「今年もお世話になります。駿河台班の佐々木です」

と言うと、守衛さんは差し出された入館許可証に黙ってスタンプを捺して佐々木さんに渡した。

僕達一年生全員は佐々木さんに伴われ新宿から中央線に三十分も揺られてから、さらにバスに乗り換えてようやくここまでやって来た。

「遠足ですか？　どこに行くんですか？」

と僕が佐々木さんに尋ねると、隣にいた土田さんが、

「社会見学、社会見学」

と笑いながら言っただけで、結局、僕達一年生は、どこに連れて行かれるのか事前に知らされることなくここにやって来たのだった。

通路を抜けると二、三台も停めるといっぱいになる駐車場があり、その先に三階建ての灰色の建物が立っていた。舗装されず土がむき出しのその駐車場には、三～四人の初老に近い感じの男達が集まって煙草を吸っていた。どうやら喫煙所にもなっているらしい。ただ、不思議なことに誰もお互いには何も話さない。

僕達は、先頭を行く佐々木さんと土田さんの後を追いかけて、建物の中に入った。カビ臭い匂いが鼻をよぎった。天井が異様に低く、それにも拘らず、天井の壁際には金属製のパイプが直線的に途切れることなく走っていた。それが所々古くなって変な光沢を帯び、何箇所かすぐにでも消えそうに点滅している天井の蛍光灯の光と相まって妙な圧迫感を作り出していた。早苗ちゃん、京子ちゃんはもちろん、ギセイやイトケンでさえこの雰囲気に口数が少なくなっていた。「事務局」と名札の出された部屋を慣れた様子でガラリと開けて、

「こんちは、また、よろしく」

と声をかけた土田さんは、その部屋に入ることなく二階への階段を上って行った。僕達も土田さんに従って階段を上った。ギセイが、

「かなり古いなあ」

とささやいた。

「そうだなあ、うちの駿河台校舎といい勝負だな」

と僕は隣にいるギセイに答えた。

土田さんと佐々木さんは二階に着くとある一室の前に立ち止まってノックした。中から
「はい」

という低い男の声がした。

「じゃあ、男連中はここに入って」

と言うと土田さんはさっさと入って行った。佐々木さんが、

「女性は上ね」

と言って早苗ちゃんと京子ちゃんを連れてさらに三階への階段を上って行った。

土田さんに続いて僕達も部屋の中に入った。四畳半くらいの狭い畳の部屋だった。畳はくすんだような色をして所々がほつれて、ささくれ立っている。踏むと不快な湿気が足の裏に伝わった。

何もない部屋だった。

一人用の丸いちゃぶ台と、その上にトランジスタラジオが一台置いてあるだけだった。ラジオからは競馬中継が流れていた。

そのちゃぶ台の前で髪の毛を五分刈りにしたごま塩頭の男が片足を投げ出して壁にもたれて座っていた。

「ノブさん、いつもすみませんね」

と土田さんが言った。

「今年はこの連中かい」

とノブさんと呼ばれた男が言った。男はラジオを消すと、

「お茶ぐらい入れてやりてえけど、なかなか立つのも大仰なんでな」

と言って僕達を見た。そして、

「土田さんよ、また、いつもみたいに話しゃいいのかい」

と土田さんに尋ねた。

「ええ、それでお願いします」

と土田さんは頭を下げた。土田さんは僕達に向かって、

「この社会がどうなっているのか生きた実地研修としてよく学んで欲しいと思うんだな。これからいろんな本で学んでいくけど、その理解を深めるために実体験を持っておられるのがこの山形延次郎《やまがたのぶじろう》さんなんで」

と同じ一年生とは思えない、慣れた感じで土田さんが話した。土田さんは長く大学浪人をしてきたとは聞いているが、いったい何をしてきたのだろうかと僕は改めて思った。

山形さんは一呼吸おくとおもむろに話し出した。

「ここは、いってえ、どういうとこだと思うね？」

と、ちゃぶ台の向こうでかしこまってる僕達に聞いた。

「いや、不勉強にも僕達、社会見学だって言って、黙って連れてこられたもんで」

とイトケンが答えた。

「ここ見てどう思うね？」

と山形さんが部屋を見回して言った。

「何にもねえだろ。俺はまだ、六十前だけどね、仕事なくして、アパートおんだされて、体壊してよ、家族もいなけりゃ、こういうところですよってことだよ」

と山形さんはやや早口になって言った。

「あんたらはさ、まだ、一年生だってね、これからだからさ、こんなとこに、来ることはねえだろうがさ、こんなとこに来るようじゃ人生もう終わりだよ。今の世の中、みんなホイホイ浮かれてるけどな、実際、浮かれてるのは金持ち連中だけだろ。俺達みたいなもんは、こんな監獄みてえなところで死んじまうのよ」

と山形さんが続けた。心持ち、顔が紅潮している。

「やっぱりなあ、政治が悪いんだろうな、大企業ばかり大切にしやがるから、今の自立党が続く限り、この国は滅びるね」

と声を大きくして言った。土田さんが大きく頷いた。ギセイもイトケンも真剣な眼差しで山形さんを見ている。

山形さんは、長く路上で生活をされていた。公園や河川敷で青いビニールシートを張って暮らしていたところを、行政に説得されてここで住むようになったとのことだった。

若い時からの苦労話と、この世の中がいかに不平等、不公平にできているか、金を持った資本家連中、大企業の非情さを山形さんは、延々と話し続けた。

八

あの合宿での福田さんの一件以来、明らかにこのサークルの雰囲気が変わったように思われた。ただ一緒に飲みに行ったり、連れ立って麻雀やパチンコに行くという楽しいだけの毎日ではなくなって、この頃では週に一回は必ずゼミが行われるようになっていた。もちろん、大学に入って二ヶ月以上にもなるのだから、それで普通なのかも知れなかったが、若干の戸惑いが僕には残った。

大学の周辺には喫茶店が掃いて捨てるほど集まっていた。ゼミは、いつもそのうちの一店で空いている場所を探して行われた。サンチカのたまり場では不思議なことにどのサークルでもゼミのようなことは行わない。長年の不文律のようなものがあるのかもしれない。

ゼミの日はまずはサンチカのたまり場に行って、当番に当たった者はそこに備えてあった「青焼き」と呼ばれる複写機で人数分のレジュメを用意し、それから大抵は「ポピー」という喫茶店にメンバーで移動し、そこがいっぱいなら「ピッコロ」という喫茶店に行くことになっていた。だから、ゼミの時間に遅れたら、まずは「ポピー」そして「ピッコロ」、それでみんながいなければ周辺の喫茶店というように、探せば必ずどこかでゼミに合流できた。

こんなに狭い場所にいくつもひしめきあっていたにもかかわらず、喫茶店はどこもいつも満席で学生の熱気が渦巻いていた。どの席でも大声で喋り合い馬鹿のように笑い合っていたから、ゼミをする僕達も自然、喧嘩のように叫び合っていた。ゼミには二年生から藤ノ木さんと鈴木さんと三井くんのうちの誰かがチューターとしてついてくれた。どの喫茶店もあまりに狭くうるさく粗雑過ぎて、あの合宿で感じたような緊張感はまるでなく、おかげで僕の右頬がひきつることはあれ以来、一度もなかった。テキストは『賃労働と資本』に続いて、『共産党宣言』が選ばれていた。マルクスやエンゲルスの著名な短編の次は『資本論』にもチャレンジするらしかった。

僕は相変わらず字面を追うだけで精一杯だったし、労働者や資本家や搾取やプロレタリア革命等といった言葉がゼミのなかで行き交うのを聞きながら、六歳の頃からでっち奉公に出されてやっとのことで判子屋の主になった祖父や、小学校にも行けずに子守りしながら苦労してのちに看護婦資格を取った祖母や、学徒出陣で朝鮮半島から満州に連れて行かれて戦後は百貨店の外商で、カバンひとつ持ってお金持ちの家々を這いずり回っている父親のこととそれらの言葉がどう結び付くのか等と考えながら、今一つ現実味のないとらえどころのないものとしか思えなかった。あの福祉施設で会った山形さんは確かに気の毒だけど、それと十九世紀の哲人は容易に結びついてはくれない。いつの時だったか、そんな素朴な疑問を鈴木さんにぶつけたことがあった。

「本当にこの日本で革命なんか起こって労働者が豊かに暮らせる日がくるのでしょう

か？」

僕としては真剣なこの問いかけに対して鈴木さんは、大好きな京都のことを話す時と同じようにニコニコ笑いながら楽しげにそして歌うように、

「マルクスがそう言ってるのだから、きっとそうなのよ」

と答えてくれた。太一さんのように理路整然と返されるのも対応に困るが、こう天真爛漫に答えられてもどうしていいかわからない。僕は、

「はあ、そうですか」

とだけ返しておいた。


喫茶店でのゼミが定期的に始まってからもゼミのない日でも、僕は相変わらずサンチカのたまり場に顔を出していた。顔ぶれは二年生と僕達一年生が中心となり三年生、四年生はあまり顔を見せなくなっていた。一年生でも土田さんはめったに姿を見せず、良江さんもあれ以来、姿を現さなかった。

ギセイやイトケンとは顔を合わせれば馬鹿話をしていたが、二年生の雰囲気は少し変わったように感じられた。

六月に都議会議員選挙があるのだという。僕達一年生はそもそも住民票を郷里に置いたままにしてきた者が多かったので、そうなると選挙権自体がない。僕もそうだった。だから、鈴木さんが、

「もう、マルクス勉強してるんだから、もちろん共生党よね」

と言った時には、何の話なのか僕には全くわからなかった。鈴木さんは関西の人間は京都のことは何でも知っていて当然といった感じで、僕に京都の神社仏閣のことをいろいろと尋ねてきて困らせたが、そんな彼女の口からあまり似つかわしいとは思えない「共生党」等という言葉が普通に出てきたのは少々意外に思われた。彼女の眼鏡越しにくるくるとよく動く目は、どこか夢を見ているような甘い感じがしたものだが、そんな彼女が言う「共生党」もおとぎの国の物語のように聞こえてしまう。そして、アイドルそのものの「かわいい」三井くんまでもが、

「ダメだよ、君達ね、学んだことはちゃんと実践しなきゃ」

等とやっぱりかわいい顔を僕の方に向けて甘い声で話したりした。そんな中で藤ノ木さんだけは相変わらず寡黙に一人で本を読んでいた。

そんな藤ノ木さんを見つけて京子ちゃんは、本を持つ腕に自分の腕をからめてぴったりと傍から離れずにくっついているし、早苗ちゃんは関心なさそうにファッション雑誌を見てへアスタイルの研究などしていたが、イトケンとギセイは微妙に少し違った感じになってきた。

「科学的社会主義の躍進こそが、私達市民を救うのよ」

と鈴木さんが歌うように話すのを真面目な顔をして聞いたりしていた。僕は、たかが二ヶ月しか勉強していない「科学的社会主義」なるものがなんなのか、ほとんど理解でき

ていないのが本当のところだったが、仕方がないのでその場に合わせてわかったようなふりをして曖昧に過ごしていた。

　土田さんが姿を見せないのは、選挙の手伝いだと三井くんが言っていた。そこで僕は一番気になっていることを三井くんに聞いてみた。

「あの、良江さんもそうなんですか？」

　これにはギセイも身を乗り出してくるのがわかった。三井くんが、

「彼女も遂に決心したみたいでね、これになったんだよ」

　と親指を立てて言った。

「それ、何ですか？」

　と僕がすかさず尋ねると鈴木さんが慌てたように、

「あ、まだ、いいの。彼女の場合は彼もそこにいることだしね」

　とそれを引き取って言った。

　僕は親指が何のことかはわからなかったが、「彼」という言葉だけが頭の中でガンガンと鳴り響いた。ギセイを見ると彼も目を丸く見開いている。僕は、心の奥がキュッと摑まれたような気がした。もちろん、あんな綺麗な人だし、歳上の人だから彼がいても不思議ではないのだが。

　僕はブランコに一緒に乗った時の彼女の言葉を思い出していた。

「頭でわかるのと心でわかるのとは別のような気がするのね」

良江さんは心でもわかってしまったのだろうか？　それとも「彼」のためなのだろうか
と僕は思った。

九

六月に入って梅雨らしい雨の日が続くようになっていた。何だか僕は心がモヤモヤしていた。サンチカにたむろして週に一回、近くの喫茶店でゼミをしてその時の参加者の流れで周辺の居酒屋に繰り出すのも以前と同じだったが、都議会議員選挙が近くなってくると、飲んでいても先輩連中の話題は選挙に落ち着いた。ギセイもイトケンもそんな時は大人しく先輩連中の話を聞いていた。

そうこうするうちに藤ノ木さんが姿を現さなくなった。もともとそんなにサンチカのたまり場に来る人ではなかったので、僕は全く違和感なく気付かなかった。でも、チューターの順番が回ってきてもゼミに出席しないようになり、藤ノ木さんがサークルに来なくなったことがはっきりした。

僕が三井くんに

「心配じゃないんですか？」

と尋ねてみても、

「あいつ、いろいろ考えるタイプだからな。まあ、よくあることだし」

という答えが返ってきただけだった。収まりのつかないのが京子ちゃんで朝から晩まで

藤ノ木さんが現れるのをサンチカのブースで待ち続けていたが、

「教室にも出てないし、アパート突き止めたからアパートにも行ってみるわ」

と言った翌日から京子ちゃんも姿を現さなくなった。

僕の心のモヤモヤはさらに強くなっていった。

ギセイが泊まりに来ても以前のように楽しくなくなった。それはギセイも同じようで、一緒に酒を飲んでもこの「国家論研究会」というサークルの話になってしまった。ギセイは、今までも僕以上に先輩連中の家を泊まり歩いてきたから、僕よりも多くの情報を持っているようだった。

ギセイは初めて僕の部屋に泊まりに来て以来、サンチカのたまり場で僕と会えば、帰りは一緒に僕の部屋にやって来ることが当たり前のようになっていたが、その頃のギセイは僕の部屋にやって来てたとえ山川に会ったとしても、もうあまり山川とも話さなくなっていた。

その日も僕とギセイは京王線つつじヶ丘駅から近道を通って、ちょっとした雑木林の小路を二人で歩いて僕の部屋に向かっていたが、

「ここ、結構、自然が残ってるな」

みたいなどうでもいいことを時たま話しながらギセイは、何となく考え込んでいる様子だった。

そして、僕の部屋に入るなりギセイは、

「イトケンは、同盟にはいかんて。サークルだけにしとくと言うとったで」

とさも深刻そうに話し出した。

「同盟？」

僕がつぶやくとギセイは、

「君はどうするんだ」

と僕を見つめて言った。僕はどうするも何も先輩連中の誰からもまだ、何も聞かされていなかった。ただ、以前と違ってサークルの雰囲気が微妙に変化してきていることだけは肌で感じていた。

「その『同盟』ってなに？」

と僕はギセイに尋ねた。

「君は本当に何も知らんのか？」

とギセイが驚いたように答えた。

「じゃあ、藤ノ木さんが辞めたのは？」

とギセイが続けた。

「藤ノ木さん、やっぱり国研、やめたんだ……何となく何かあったのかなあとは思ってたけど、三井さんも教えてくれないし」

と僕が答えるとギセイが、

「俺が困ってるのは藤ノ木さんと同じでね。ひょっとしたら面倒な所に入ってしまったのかも知れないのかなあと思ってね」

そう言うと、ギセイは、彼の知っていることを僕に話し始めた。

「いろんな先輩の話をまとめるとだな、この『国家論研究会』というのは、どうやら単に勉強だけをするようなサークルじゃないみたいで、はっきり言って「同盟」っていう共生党の下部組織と関係しているらしいよ。ほら、合宿の時、福田さんが怒鳴ってから先輩連中、ちょっとおかしいだろ？ あれから、佐々木さんとか、一緒に飲んだけど、前みたいに馬鹿騒ぎしてくれなくてね。言われたのが、本で読むのも大切だけど、実地で試したらもっとよくわかるよってことでね、自治委員選挙に出ないかって言うんだよ」

と一気に話した。

僕は聞きなれない言葉を問い返した。

「自治委員選挙？」

「大学の自治組織なんだそうだけど、学生の声を大学当局に伝えて学生の学ぶ権利を守るっていうか」

僕はギセイの言う「当局」という言葉にとっさに違和感を覚えた。ほんの数ヶ月前のギセイからは聞けない言葉だった。

「佐々木さんがさ、サークルで頑張ってサークルをしっかり守るか、自治委員となって外部に羽ばたくか、ふたつにひとつだって迫るんだよ」

それに対して僕が、

「俺なんてそんな話、全く聞いてないよ」

　というと、ギセイは、

「近いうちに先輩の誰かが君にも話しに来ると思うよ」

　と言った。そして、

「イトケンは、きっぱりサークルだけにしておきますって言ったそうだよ」

　と言った後で、

「藤ノ木さんは二年生になってもずっと態度が決められなくて、それで遂にサークルから出て行ったたってことらしいよ」

　と付け足した。

　僕は、聞いているうちに心が落ち込んでいくのを感じていた。楽しいサークルに入れて、とても学生らしい「青春」を感じられるようなこともいろいろできてフワフワ浮かれていたのに、その楽しさには何かしらの裏があるような気がして心がざわついたのだ。そもそも、マルクスやレーニンを読んでいても、字面を追うのが精一杯で、そういう社会の見方もあるのかなとは思うものの、僕の周りの大人連中を見回しても、例えば「搾取」されていると言えば言えないこともないけど、それで必然的なプロレタリア革命なんてものに飛躍するのはピンと来なかった。これは僕の理解力が不足しているだけなのかも知れなくて、太一さんみたいに「資本論」を読破してしまえば、都議会議員選挙での共生党の躍進を願うようになるのかもしれないけど。しかし、そういったことと自治委員選挙はどういう関係があるのだろうか？

僕は頭の整理がつかなくて、ギセイが話し疲れて黙り込んでしまうと、僕も何も話せなくなってウイスキーを一人でなめていた。二人とも十分に酔いが回ってくるとやがてまた二人はモソモソと布団を敷くと、一緒に並んで寝てしまった。骨ばったギセイの背中が、なんだかよけいに小さく思えた。

十

数日してギセイが言ったように案の定、宗像さんから呼び出しを受けた。サンチカでいつものように何をするでもなくウダウダしていたら、めずらしく宗像さんと太一さんが一緒にやって来た。二人は僕を見て、

「お、久しぶりだね」

と言った。実際、二人とは新歓合宿以来だった。その日は、ギセイもイトケンも姿を見せなかったし、ロの字に並べられた机の一角に積まれている、これまでにゼミで使ったレジュメなんかを整理していた佐々木さんも、僕の並びでさっきまで『少年チャンピオン』を読んでいた三井くんも、手洗いにでも行ったのかいつの間にかどこかに行ってしまっていた。

「なんだ、君、一人か？」

と宗像さんが尋ねた。

「いえ、佐々木さんと三井さんがおられましたけど」

と僕が言うと、

「ちょっと腹減らないか？　何か食いに行くか？」

出た。

と宗像さんが僕を誘った。太一さんも、

「いいですね、私も行きます」

と、珍しく、さも行きたそうに言った。それで結局、僕は二人に連れられてサンチカを出た。

サンチカにこもっていたからわからなかったが、少し路面が濡れていた。雨が降ったらしかったが、今は薄日が射している。この時間になると御茶ノ水駅に向かう歩道には学生だけではなく帰宅を急ぐサラリーマンの姿も散見された。僕達は宗像さんに連れられて赤いちょうちんが吊された居酒屋に入って行った。

席に着くなり宗像さんが、

「君さ、雀、食ったことある?」

と僕に尋ねた。驚いて答えられない僕に太一さんが、

「身が少ないけどね、ここ、食えるんだよ」

と笑いながら言った。

「まあ、そういう変わったものを食べさせてくれる店だから食べたかったらどうぞ」

と宗像さんが「お品書き」を僕に渡した。確かに、「お品書き」にはイナゴや雀やドジョウなどが並んでいたが、僕はごく無難なものだけを注文を取りに来た女の子に頼んだ。

生ビールで乾杯した後で、僕はいよいよ、自治委員選挙のことや同盟のことなどが話されるのではないかと内心、身構えたが、二人の会話はプロ野球や神田周辺で安くてうまい

ランチを食わせる店の話とか何だか、がっかりするくらい普通で肩透かしのものだった。やがて、宗像さんが頼んだ、イナゴの姿がそのまま残った飴煮や雀の焼き鳥がテーブルの上に並んだ頃には、僕はもう今日は難しいことは何もないだろうと安心して、中ジョッキを一杯飲んでしまっていた。

定番のようなおつまみで空腹を満たしていい心持ちになってから、小一時間で僕達はその居酒屋を出た。結局、自治委員選挙のようなややこしい話題は一切出ず、太一さんも以前に自宅で見せたような表情は見せなかった。

新宿駅で僕と太一さんが同じ京王線に乗るはずのところ、宗像さんが僕に向かって、

「飲み足らない気がしてね、ちょっと付き合わない？」

と切り出した。太一さんが、

「私は明日の朝、ちょっと早いんで」

と言ってさっさと京王線改札の方に向かって歩き出していた。僕は何だか嵌められたような気がしたものの、酔いのせいで心が軽くなっていたのか、単に面倒になったのかそのまま、宗像さんについて行ってしまった。

宗像さんは地下通路から地上に出ると、ごちゃごちゃとした路地をいくつか回ってやがて僕達は、店の幅が一間にも満たない小さなスナックなどの飲み屋が並ぶ一角にやって来た。明らかに外国人とわかる人達も足元怪しく大声で騒ぎながら通り過ぎて行く。そんな中を宗像さんは慣れた足取りで一軒の店に入っていった。入口の木製のドアには荒々しく

「X」と大きく彫り込まれた文字があり、その上から金の塗料が乱雑に流し込まれていた。看板はなく、店の名前を記しているのは「X」だけのようだった。

宗像さんに続いて店に入ると、細長いカウンターの中にいた六十歳は優に過ぎたと思われるママらしき女性が、

「あら、むなちゃん、ちょっとご無沙汰ね」

と嗄れた声を出した。

宗像さんは、右手を軽く挙げると、

「よう」

と軽く返した。

「今日はまた、若い人ね」

とママがハスキーな声で言った。

宗像さんは、カウンターの一番奥の壁際に座った。僕も隣に座った。カウンターの入口付近では明らかにサラリーマンとは違った、Tシャツにジャケットといった雰囲気の男達が何やら熱く議論していた。ママも時折、相槌を打ったり反論したりしている。

宗像さんはママが持ってきたお通しの酢の物を箸で軽く摘まんで口に入れながら、

「俺のボトルで、俺はストレート、君は水割りでいい？」

と聞いてきた。僕が頷くとやがてバーボンの入ったグラスがふたつ、カウンターに並べられた。

「とりあえず乾杯だな。お疲れさん」

宗像さんはそう言うと一気にグラスをあおった。ふーっと、軽く息を吐くと僕の方をまっすぐに見た。少し目が据わっているように思われた。

「藤ノ木のこと、知ってるか？」

と尋ねる宗像さんに僕が、

「この頃、見ませんね」

と言うと、

「いい奴なんだけどな」

と宗像さんは独り言のように言ってから、

「ママ、もう一杯」

と言った。

「あいつもな、ずっと一緒に勉強してきて今の俺達を取り巻く状況が危機的だって言う認識は同じだと思うんだけど、そこから先には歩み出せなかったんだな」

宗像さんはそう言って新しく出されたグラスに口をつけた。

「それが藤ノ木さんが来なくなったことと関係あるんですか？」

と僕は率直に尋ねた。

「いや、ちょっと酔ったかな、悪いね、ひとりで出来上がって」

と宗像さんは言いながらまた、グラスをあおると、

「君はどう思うね、例えばロッキード事件だよ。構造汚職だよ、世の中が金の力で動かされるんだよ。君も会ったろ、山形さん」

　僕はねずみ色の壁に囲まれた部屋の中で、ちゃぶ台の前で足を投げ出して座っていた山形さんを思い出していた。

「はい、お会いしました」

「どう思った？　何で彼があんなところで暮らしているんだと思う？」

　僕は即座には答えられなかった。

「あの人な、三十歳ちょっとでね、頭の病気で手術して、それ以来、少しだけど言語障害もあるし、ちゃんと歩けなくもなってしまってね、奥さんも逃げ出すしで、それでも頑張って幼稚園の用務員さんなんかしながら必死に生きてこられたんだけど」

　そこで宗像さんはまた、一口ウイスキーを口に運んだ。

「いろんな職場で本当、いろいろと苛められたってこの前会った時、話してくださったけど。でも、遂に働けなくなって家賃も払えなくなって公園や橋の下で寝泊まりして、寒い日に体が冷たくなってもう、終わりだなって思った時に保護されてそれ以来今の施設なんだけど、あの施設、はっきりいって住めたもんじゃないだろ。俺はそう思うよ。世の中、ロッキードだ何だって、札束が飛び交ってるのに、あまりにも違うじゃないか」

　宗像さんの顔にお酒だけじゃないと思われる赤みが増してきた。僕は日頃、あまり話したこともない宗像さんの滑らかな弁舌に圧倒されて何も話せなくなっていた。

「いや、ごめん、ごめん、大声になっちゃって。いや、僕が言いたいのはね、こんな感じの認識も一年間勉強してきて藤ノ木も持ってたのに、さっさと辞めてしまったのが惜しいというか、残念というか」

僕は何だか頭の中で簡単には整理できないものが積み重なっていくようで、心を落ち着かせようとして煙草に火をつけた。

「宗像さんは、吸わないんですよね、すみませんね」

と僕は宗像さんにことわった。

宗像さんはそんなことは全く気にしないで続けて言った。

「藤ノ木はこの際、置いといてもさ、何か、変だ、変だって思うことないかい？　俺ももう、四年だからさ、来年からは社会人だけどね、俺は行きたくないけど例えば人気の都市銀行なんかに行くじゃない、そうすると、預金や融資を求めてそのノルマに攻め立てられて生きるんだろ。そんなことに一日二十四時間の大半を奪われて、残業しまくって休日出勤もして歳を取っていくんだろ」

僕は百貨店の外商でノルマに追われて体を壊し、夜間に洗面器を前に嘔吐を繰り返していた父の姿を思い出していた。

「働くってことが自己実現に繋がらなくってさ、マルクスの言う労働力の切り売りにしかなってないんだよ。そこで肥え太っていくのは大企業だけでさ、一般のサラリーマンはもとより山形さんみたいな人にはなんの恩恵も及ばないのさ。俺達はさ、労働力を時間で切り売りしてさ、それで何とか食いつないでいく存在だってことでは、マルクスの時代も今もおんなじだって思わない？」

僕は父の青白い顔を思い出して心が暗くなった。宗像さんは、はっきりしない目で頬杖をついて体を支えながら続けた。

「俺達はな、君も同じ法学部で、民法だとか刑法だとかあるけどさ、結局、そういったものはさ、社会の中で関係を調整するだけの便宜的、技術的なものでさ、いろいろと学者が言ったところでそれだけのものだよ。俺達が今、学んでるマルクスとかレーニンとかの古典はね、そんなちっぽけなものじゃなくってこの社会を根本からどう捉えるかという、もっともっと深淵なものなんだよ。そしてだぞ」

宗像さんは、一呼吸おくと、

「ここで学んだことはな、社会の実践に役立たせないといけないんだ。『科学的社会主義』こそが、世の中の光の当たらない人々を救い出すんだという誇りを胸にしないといけないんだよ」

僕も宗像さんの話を聞きながらグラスを重ねていたので、頭の真ん中がぼんやりとした感じになってしまっていた。宗像さんは急に頬杖をついていた顔を上げると、

「何かさ、偉そうなこと言ってるけどさ、俺ってな、結構、鬱っぽくてな、藤ノ木がやめてショックだったんでね、君達に俺の心をわかってもらいたいと思ってこうやって話してるんだけど、いやぁ、だらしないんだけど、飲まないと話せなくてね、全くだらしないよ

ね」

僕はもう、四年生にもなる先輩が入ったばかりの新入生の僕のためにそこまで熱心に話してくれたことに、ただ、感動していた。そしてますます酔いで濁ってゆく意識の中で、

「わかります、大いにわかります」

と叫んでいた。

「実は俺も怖いんだ。都庁を受けるけど、落ちたら民間に行くしかないけどね、福田さんみたいに完全にレール外れる勇気もないし、でもな、これから、公務員でも民間でもさ、確かに就職して俺という『人間』を切り売りするさ、そりゃ食うためさ、仕方ない。しかし、俺達はわかってる、わかってるんだよ。わかってるからこそ、『人間』を売ってますってことにさえ気付かないようになることが怖いんだよ。俺は、売っていることに気付き、ああ、おれ自身を資本家に売りとばしながら飯を食ってるっていうその二面性に悩み、そして、考えること、それこそが人間というものなんだよ。人間としての最後の部分は守る、命を張っても。いつの日か、労働者が搾取されることなく、自分の労働を自分の手に取り戻せる『時代』の来ることを期待して俺は生きるんだ」

と宗像さんは、最後はほとんど叫ぶように言った。

「ちょっと、あんた達さ、静かにしなよ、他のお客さんもいるからさ」

とママがカウンターの真ん中で煙草をくわえてニタニタ笑いながら言った。

「むなちゃんは、酔うと威勢がいいんだから」

と言うママに、

「いいよ、俺達は。俺達も労働者だからな。これからの世の中作るのは若い人だからさ」

とカウンターの入口付近にいる数人の男の人達もどこか好意的な感じだった。それでも宗像さんは、

「いやあ、申し訳ありません」

と立ち上がると男達に向かってペコリと頭を下げた。宗像さんは声を落として、

「それでだ、結局、僕達はこのサークルで頑張ってこの『国家論研究会』を守っていくか、それとも、学んだことを実践するかなんだよ。藤ノ木は辞めていったけど、三年の清瀬《きよせ》さん、ほら、合宿にも来てた、そう、あの良江さんも同盟から今度、ついに党に入ったよ。田原君も話したらわかってくれて、今度、自治委員選挙に立候補してくれることになったしね」

悩んでいたギセイの顔が浮かんだ。ギセイによると同盟というのは党の青年組織で、このサークルのほとんどの人は所属しているということだった。僕は、ただ僕にとって毛色の違う本を少し読んだだけで、周りがどんどん変化してそれに巻き込まれていく状況に当惑していた。宗像さんの熱弁も共感できるような気もする。ギセイもおんなじようなものかも知れないと思ったが、ひょっとしたらこれが彼にとって母親の影響を受けないですはじめての冒険なのかも知れないとも思った。

僕はこのサークルもマルクスも同盟も何もわからないけど、ここで踏ん張ればすぐに頬

がひきつる惨めな自分から抜け出せるような気がしてきた。

あの良江さんも一歩さらに踏み出したらしい。良江さんは、頭でなく心で本の内容が理解できたのかもしれない。

僕は、一緒にブランコに並んで座っていた良江さんの白い美しい顔を思い出していた。くるくる回る頭の中で僕は僕の心に微かな灯りが燈り始めたような気がした。

自治委員選挙の立候補の締め切りは来週に迫っていた。

十一

三井くんが、見たことのない二人の男子学生を連れて僕の教室にやって来た。教室と言ってもクラスに定まった教室がある訳ではなく、必須科目の英語の時間を見計らって授業の始まる前にやって来たのだった。三井くんはいくぶんここにいる学生達より先輩であるということを意識して、普段とは違った大人っぽい雰囲気を出そうとしていたようだったが、やはり、語尾の下がり具合など「かわいい三井くん」のままだった。

「みんな、授業の前に悪いんですけど、昼間部自治会の紹介にやってきました。みんなはまだ大学に入ったばかりで何もよくわからないと思いますけど、みんながこの先、学校生活の中でいろんな疑問や要望が出てきた時に、一人で悩むんじゃなくてその声をまとめて一緒になって解決していった方がいいと思っています。昼間部自治会はまさしくそういった、ここで学ぶ学生のための組織なんです」

三井くんは、そこまでを一気に言うと一段高くなった教壇から僕達を見回した。なにぶん級友同士でもまだそんなに親しい間柄にないのが大半だったので、みんなはお互いに話を始めるでもなく大人しく無反応に座って聞いていた。

その静けさがいっそう僕を不安にしていた。

三井くんがさらに続けた。

「それで、皆さんにお願いなんですが、このクラスからもこのクラスの代表を出して欲しいんです。来週の木曜日、自治委員選挙があります。クラスの代表を出して意見を集約して大学当局にもぶつけてより良い大学生活を送りましょう。私も、二年六組の自治委員を務めています。この後ろにいる二人も自治委員です。ちなみに、このクラスからは、境田秀喜《ひでき》君が立候補してくれました」

三井君はそう言うと僕の方を見て、手で僕を招き寄せた。僕はぬっと力なく立ち上がると三井くんのいる教壇の方に進んだ。初めてクラスのみんなが関心をもったように僕を見た。

「おい、おめえ、ほんとかよ」

と言ったのはクラスの顔見せの飲み会で隣の席になった下山二郎《しもやまじろう》だった。その時、

「サークル、何か入った？」

と言って聞くから正直に国家論研究会に入ったと言ったらその後、僕の顔を見る度に、

「国家論研究会、面白い？」

としつこく聞く男だった。

「うちの高校は時代遅れにも学生運動みたいなのがちょっとは残ってたから、まあ、よくわかるんだけど。何か困ったら聞きにおいでよ」

とその飲み会の席でも言っていた。その下山が、

「おいおい、お前、本気かよ」
　とまた、言った。
　三井くんはそんなのは眼中にないといった感じで隣に立っている僕に向かって、
「何か挨拶はありますか」
　と僕を促した。僕はただでさえ緊張で頬がひきつりそうなのに、下山の言葉を聞いても
う、すっかり動転してしまっていた。それでも何とかうつむき加減で、
「皆さんのパイプ役になろうと思いますのでよろしくお願いします」
　とだけかろうじて言った。
　クラスメートからは拍手はもちろん、ほとんど何の反応もなかった。三井くんがいつも
以上に明るい声を出して、
「じゃあ、境田くん、頑張ってください」
　と言いおいて教室を出て言った。何とも居づらい針の筵のような雰囲気が僕の周りを取
り巻いた。三井くんが出て行くのとほとんど間髪をいれずに英語の教師が教室に入って来
た。僕は救われたような気分になった。

十二

　自治委員選挙に立候補してから、僕は校内にいると誰かに見られているような気がして落ち着かなかった。気のせいかもしれないが、一号館地下の学食で紙のように薄い形状そのままの名前の「カミカツランチ」を食べている時も、語学の予習でもしようと図書館に行った時でも、一人でいる時にその感じは強くなった。僕が何となく視線を感じてさっと急に振り返っても、普通に知らない学生が歩いているだけだったりと、何ら変わったこともないのが常だった。

　僕と同じく自治委員選挙に立候補したギセイのことも気になっていたので、僕はその日サンチカのたまり場に向かっていた。ギセイとは、ギセイ自身が自治委員選挙に出るように誘われていると僕の部屋で告げられた日以来、会っていなかった。それで、ギセイや他の一年生はどうしているのか知りたくて僕はサンチカに向かっていたのだ。

　いつものようにサンチカに向かう薄暗い廊下を歩いて階段を下り、薄暗さに目がなれた頃、踊り場に二人の男が壁に掛けられた黄色い電灯の光を背にしてぬっと現れた。僕は驚いて思わず立ち止まった。

　二人の男達と目が合った。咄嗟に恐怖が走った。昔、中学生の頃、たちの悪い学生連中に難癖をつけられて袋叩きにされた記憶が甦った。もう少し階段を下りて走れば、国家論研究会のブースがある。しかし、足がすくんで機敏に動けそうにない。男達は僕と同じような普通の学生に見えた。僕よりも二、三歳年上といったところだろうか。そのうちの背の高い方の男が口を開いた。

「境田君でしょ」

仄かな灯りを背にして聞こえてきた声は、意外にも優しく女性的でさえあった。

「ごめんね、驚かせちゃったかな。君、自治委員選挙に立候補したって君のクラスの人から聞いたもんだから、本当に君がその意味がわかってるのかなあと思ってね。本当にわかってるなら君の自由だからさ、いいんだけど、毎年なんだけど、あの連中のやることはそうやって新入生を潰すようなことを平気でするからさ、ちょっとおせっかいとは思うけど。僕達の話、聞く気ある？」

と穏やかに言った。もう一人の学生も真摯な眼差しを僕に注いでいるようだった。僕は二人の物腰の柔らかさにいくらか安心して、

「自分なりにはよく考えたつもりですけど」

と曖昧に言った。背の低い方が続けた。

「まあ、聞くだけ聞いてそれでもあのサークルのやってること、ほら、福田って怖い奴、知ってるかな？」

僕は軽く頷いてしまった。

彼らは僕を間に入れて階段を下り始めていた。僕は挟まれた格好でサンチカをいつもとは違う方向に連れて行かれた。そして僕の使ったことのない別の階段を上がって外に出ると今度は二号館に入り、また地下にもぐった。やがていくつかの古い黒板やベニヤ板といった廃材をくぐり抜けて、狭い薄暗い所に着いた。要らなくなったものが無造作に置かれているとしか見えないような所だった。地下の電灯は古い映画で見る戦前の路面電車の室内灯のようにぼんやりしていた。

僕はまた、緊張で掌に汗をかいた。

「まあ、座ってよ」

と踊り場で初めに僕に話しかけてきた大きい方の男が、いびつに形のくずれたパイプ椅子を出してきて僕に勧めた。僕は言われるまま力なく座った。

「いや、また驚かしたかな」

ともう一人の男もそう言うと、二人も廃材から椅子や踏み台のようなものを出してきて座った。背の高い方の男が、

「君のクラスに大屋《おおや》ってのがいるんだけど、それがね、どうやら犠牲者が出たみたいだって言うからね、悪いけど、しばらく君を見させてもらったけど、君、本当に普通の人だもんね。学生運動なんてしたことないだろ？」

と問いかけた。僕はずっと見られている感じがしていたのは気のせいではなく実際、彼らだったのだとわかって驚くと同時に、自治委員選挙に立候補しただけでこんな目に遭う

ことに底知れぬ恐怖を感じていた。

「これ見た方が早いよね」

そう言って背の高い方の男が、僕に新聞を差し出した。それは共生党機関誌『赤い旗』の三月号だった。

そこには大きな赤い字で次のように書かれていた。

『学生分野での同盟と大学内拠点の躍進で輝く党の未来を創ろう』

とあり、青年・学生リーダーの吉川佐知子《よしかわさちこ》の党本部での報告として以下のことが述べられていた。

「新入生の柔軟な頭脳に三つの希望を語ろう！」

という小見出しに続いて、

「新入生と直接に語り合う活動の中で、日本共生党綱領が学生に響き合い、働きかければ学生は急速に変化します。日本共生党綱領と科学的社会主義こそが、この閉塞した政治状況を変える希望になるという確信を学生に持たせなければなりません。そのためには学生分野での各大学における党支部と同盟班そして学生拠点を倍加し、必ずどの大学にも最低でも拠点があるという状態が必要です」

そして、その具体的な方策としてその記事には、

「地方から出てきた学生の孤独や不安といった状況をうまく活用してそこからアプローチを試み『良き先輩、良き仲間』として近づき、そして親しくなる。そしてそれにつれて学

生の知的関心を呼び覚まし党綱領と科学的社会主義に結びつけることです。四月いっぱいを『学内対話集中期間』に設定し、重点とする大学を決めて具体的手だてをとるよう私は提起しました。これという新入生を見つけたならばすぐに歓迎会を開き、同盟の基礎講座・学習セミナーに参加してもらうこと、『同盟大好き』といわれる魅力ある拠点活動の推進が必要なのです」

と締め括られていた。僕が読み終わった時に、背の高い方の男が僕に言った。

「何かに似ていない？」

僕は彼に指摘されるまでもなく、この数ヶ月、国家論研究会で過ごした日々がまさしくこの通りだったことに気付いていていた。

「孤独な学生」

「良き先輩、良き仲間」

「すぐに歓迎会を開き」

「学習セミナーに参加してもらう」

といった言葉が僕の頭の中を駆け巡った。

その男が続けた。

「まあ、君達がさ、本当にあいつらのいうことが正しいって思って活動するならいいんだけど、世話になったとか、優しくしてもらったとかいう人間関係に縛られてさ、そうなっていく奴があまりにも多くてさ」

「それで兵隊になってボコボコに殴られてる可哀相な奴もいてさ」

ともうひとりの男も口を挟んだ。ちょうどその時、近くにあった金属製の縦長のロッカーの扉が、軋んだ音をたてて急に開いた。僕はぎょっとして目を凝らした。ロッカーの中から丸い玉のようなものが二つ床に転がり落ちてカラカラと乾いた音を立てて止まった。それはヘルメットだった。ぼんやりとした光の中でくすんだような灰色に見える学生運動のセクトが被るヘルメットだった。

二人は何ら驚くことなく、小さい方の男が平然と床に転がったヘルメットを拾うと、何事もなかったかのようにロッカーに戻して、力任せに扉を閉めた。ガンという大きな金属音が辺りに響いた。

「何せ、廃棄物だからな、鍵が甘くなってるんだな」

そう言うと、薄暗さの中で唇を大きく歪めてニタリと笑った。

「その新聞やるからさ、ま、よく考えなよ」

そう小柄な方の男は言うと、初めに僕に話しかけてきた背の高い方が、

「はい、話はここまで。後は君次第だね」

と言って右手で入口の方を示した。僕は、すごすごと彼らの前を離れた。

翌日、僕が昼過ぎに大学を訪れた時、中庭の裸の男二人が肩を組み合っているちょっと恥ずかしい銅像の前の地面に、黒ずんだ大きなシミが生々しく残っていた。

近くで腕を組んで話していた学生達の一人に僕が、

「何かあったんですか？」

と尋ねると、

「また、同盟の学生が中心派に襲われたみたいで、まあ、これだけの出血だからさ、ただじゃすまないね」

という答えが返ってきた。

僕はサンチカのたまり場にも寄らずにそそくさと自宅に帰った。

十三

三井くんが定刻である午後一時より少し前に教室にやって来た。僕は二人の学生に二号館地下に連れて行かれた日以来、大学に行かなくなっていた。だから三井くんを始めサークルの人達には誰にも会っていなかった。

僕はこの自治委員選挙までの一週間をずっと自宅で過ごした。同じく立候補しているはずのギセイも訪ねて来なかった。

僕はあの男から受け取った共生党機関誌『赤い旗』を何度も読み返していた。この「国家論研究会」というサークルが共生党の党勢拡大のための道具であって、この自治委員選挙というものもその一環に過ぎないんだということがおぼろげながらもわかってきた。そう考えると、カメケンが冷淡なくらい入会して数週間で姿を見せなくなったことも、藤ノ木さんが辞めたのも、そしてあの良江さんが悩んだ末に一歩前に進んだのもわかるような気がした。

でも、肝心なのは僕をサンチカの階段の踊り場で待っていた男が言ったように、僕がどこまで党や同盟の政治的な主張を理解してそれに賛同できるかどうかということだろう。

考えてみればこの数ヶ月で大月文庫をたかが数冊読んだに過ぎない。字面をおぼろげに追ってその時のチューターの言う通りに受け取ってきたに過ぎないのだ。

でも、宗像さんと夜遅くまで新宿で飲んだ時はかなり心に迫ってくるものを感じたのも事実だった。

僕は結論の出ないまま、一週間を悶々と過ごした。そして今日、立候補すると言っておいて欠席するという無責任なことだけは避けようと考えて、大学にやって来たのだった。

三井くんが簡単な挨拶のあと、もう一人、立候補者が現れたことを告げて、黒板に先に書かれていた僕の名前の隣に「大屋《おおや》　寛《ひろし》」と大きく書いた。それを見届けてから、「大屋寛」と名乗る大柄な男が教壇の上に立った。

「だいたい、この昼間部自治会自体、大学からも認められていない組織だってことは皆さん、おわかりでしょうか。だから、僕がこんなインチキなもんに出ること自体がおかしいんだけど、個人的にはよく知らないし恨みなんかもないけど、境田君が利用されてるみたいだから、俺みたいなのが出て、彼らの政治的な企みをぶっ潰した方がいいと思って出ます」

と力強く言った後で三井くんをじろりと睨んだ。三井くんは弱々しくさっと目をそらすと、投票用紙を各席に座っている学生達に配って歩いた。そして少しトーンの下がった声で、

「えー、名簿によりますとこのクラスの総数は四十六人で、本日の出席者は三十八人ですから投票に必要な数は上回っています。では、記入されましたらこの投票箱に入れてくだ

さい」

と言って教壇の上に置かれた「投票箱」と書かれた粗末なダンボール箱を示した。

投票は、ものの五分で終わった。三井くんが投票箱を各学生の前に持って行って投票用紙を回収するのに、さほど時間は要しなかったのだ。開票はすぐに始まり、三井くんと一緒に来ていた二人の学生が投票箱から投票用紙を取り出しては読み上げて、黒板に大きく書かれた僕と大屋寛の名前の隣に「正」の字を記入していった。

黒板の僕の名前の隣には満足な「正」の字はひとつもできなかった。大屋寛の隣には「正」の字がいくつも重なった。

惨敗だった。

僕は結果を見て、どこかで期待していた気持ちが萎えるのと同時に、別のどこかで胸を撫で下ろすような安堵感さえ感じていた。

僕が入学以来「国家論研究会」でしてきたことの意味がわからなかったのは僕だけだったのだと改めて気が付いた。クラスの人達はうすうすでも気付いていたのだろう。

僕は僕の一目瞭然の票数を発表する三井くんの声に合わせて立ち上がって一礼すると、教室を出た。

「よかったじゃないか」

僕が立候補すると言った時に大声を上げた下山二郎が僕を追いかけてきて言った。

「こんな馬鹿馬鹿しいもんはな、大屋みたいなプロに任せておけばいいんだよ」

そう言うと、僕の肩を軽く叩いた。

自治委員選挙に敗れた日、僕は大学を後にすると新宿まで戻ったものの、すぐには京王線に乗り換えて自宅に帰る気にはならなかった。そこで山手線に乗り換えて車窓を流れる町並みをただ目で追いながら気持ちが落ち着くのを待った。同じ路線を何周、回ったのだろうか、辺りが暗くなり車窓の景色が薄墨色に染まりだした頃になってから、僕は再び新宿で降りて自宅に向かった。

今日の昼間の出来事が何度も何度も頭の中で繰り返された。

隣の山川は理工学部だけあって近頃は授業もしっかり午前中からあるようで、朝早くから出掛け、夜も授業の後、いろいろと付き合いがあるようで帰ってこない日さえもあった。以前のように一緒に夕食を食べに行ったり銭湯に行ったりすることも近頃はめっきり少なくなっていた。

夕食も簡単に済まし何をするでもなくぼんやり煙草を吹かしていると、一階の入口付近で誰かがドアを叩いていることに気付いた。ここは一階と二階の入口が別になっており、一階は家族が一世帯住んでおり、二階に私と山川が一部屋ずつ間借りしていた。二階の我々の部屋への入口には、ドアを開けるとすぐに階段になっていてインターホンも呼び鈴も付けられていなかった。だから、めったにない来客はドアをノックする以外、方法がなかったのだ。

僕は階段をかけ下りてドアを開けた。

ギセイだった。

「ちょっといいか」

と呟くように言った。目が異様に輝いて見えた。

ギセイを部屋に請じ入れると、僕達はボトルに半分くらい残っていたニッカウヰスキーをチビリチビリと飲み始めた。

「君も落ちたんだってな」

飲み始めて少し経った所で初めてギセイが口を開いた。

「うん」

と僕は頷いた。

「国研に顔、出したんだけど、三井さんが言ってたからさ」

とうつむき加減に言った。

「僕は国研には寄らずに真っ直ぐ帰ってきたから」

と僕が言うと、

「いやあ、その方が良かったよ。結局、一年生で当選したのは土田さんだけだったみたいでね、何か、みんな、機嫌悪いんだな、あの鈴木さんもちょっと冷たい感じでね」

ギセイはそう言うとやるせないといった感じで、コップに入っているウイスキーを一気にあおった。

「何か、辛いね」

とギセイが言った。僕は煙草を一口吸うと、ため息のように吐き出した。ギセイにつられて僕も杯を重ねた。飲んで酔いが回るほど心が沈み込んでいくのがわかった。

ギセイもピースをひっきりなしに吸いながら、コップの酒を重ねていく。その間もギセイはひっきりなしに話していたが、それはやがて、僕に対するものなのか、独り言なのかよくわからなくなっていった。

ギセイが呟く。

「確かに俺は土田みたいに人前でうまくしゃべれんけどな、それでもいいからって引っ張り出したのは、あんた達だろが」

とギセイが語尾に力を込めて叫んだ。

酔いが回ってぼんやりしていた僕はその声に引き戻されてギセイを見た。ギセイは上半身が左右に軽く揺れている。

「俺もな、あいつらの言うことは半分くらいしかわからんけどな、俺は俺なりにな、この選挙にかけてたんだわ。小学校の頃から、親の決めたとおりの学校に入ってきて、俺が言うのも変だけど、国公立は行けんかったけど、ずっとな、親の期待にそぐわないことはしない、いい子だったわけよ。それがコンプレックスでもあってな、土田なんか、俺より一つ上だけど、あいつなんか親元、出てしもうて、バイトなんかいっぱいやってここまで来たって、前に飲んだ時、言っとったわ」

ギセイは、さらにコップ酒をあおった。

「このサークルはようわからんけど、俺もな、親元を離れたことやし、何か自分の力でしたかったんよ。俺は俺なりにな、この選挙はちゃんとやったツモリなんよ」

ギセイはそう言うと、急にフラフラと立ち上がって、

「便所、便所」

と言いながら部屋を出て行った。

「おい、大丈夫か」

と行って僕は後を追った。

便所の戸は半開きのままで、覗くとギセイが便器の前でうずくまって吐いていた。

「大丈夫、大丈夫」

と言いながら便器に顔を向けたまま、掌をヒラヒラしてあっちに行けと言うようにするので僕は便所から離れた。

僕は部屋に戻って煙草をふかしながら、僕にとってのこの選挙はなんだったのだろうかと考えていた。宗像さんと飲んで結局、出ることになってしまったが、あの灰色のヘルメットの人達の言うこともよくわかるような気がしていた。宗像さんやその他の先輩連中への義理のようなものは僕なりに果たしたつもりだが、得体の知れない世界に入らなくて済んだような感じもしてその実、ほっとしている自分がいた。少なくとも、目の前のギセイほどの落胆はなかった。

しばらくしてギセイが青い顔をして便所から戻ってきた。

「迷惑かけたな、便器はちゃんと拭いといたで」

ギセイは日頃から顔色が良い方ではないが今はいつも以上に青白い顔をしている。

「すっきりしたで、もうちょっともらうわ」

とギセイは言うとウイスキーの瓶に手をかけた。

「もう、止めた方がいいよ」

と言う僕を無視して、ギセイはまたコップにウイスキーを注いだ。

「でもなんだなあ」

と言って少し間を置いてからギセイが、

「良江さんな、共生党に入ったんだってな」

と僕を見て言った。

「あの良江さんが入るんだし、宗像さんとか佐々木さんも三井くんもみんな、同盟なんだってな。宗像さんの話聞いたか？　俺は生まれてこの方、あんなに俺に対して熱心に話してくれた人はいないよ」

ギセイの顔に若干、赤みがさしている。

「よくわからんけど、きっとマルクスやエンゲルスには真実があるような気がするんだ」

僕は灰色のヘルメットからもらった機関誌『赤い旗』を見せてやろうかと思ったが、元気のなかったギセイが、表面上かも知れないが折角、高揚してきたのだからと考え直して黙って聞いていた。

「ところが情けないのは俺が何の役にも立てなかったということだて」

とまた、グラスにウイスキーを注いで飲み干した。

「まださ、このサークルにも入ったばかりだしさ、まだまだ、チャンスはあると思うよ」

と僕が言うと、

「そう思うか、本当にそう思うか」

と言いながら、そのまま畳の床に崩れ落ちた。

僕はなんだかすっかり酔いが醒めてしまったような感じで、畳の上で寝息をたて始めたギセイを眺めた。蛍光灯の光が顔色をいつもよりさらに青白く映し出し、体もよけいに小さく、か細く見せていた。僕はギセイの隣にひとつしかない布団を敷いた。苦しそうなので上着とズボンを脱がせると、僕はギセイを両腕で抱き抱えるようにしてそっと布団に移して掛け布団をかけてやった。布団に下ろした時、ギセイが呻くような声を小さく漏らした。

僕もギセイにしてやったように、パンツとシャツ一枚になってギセイの隣に潜り込むと天井から伸びている蛍光灯のスイッチを引いて灯りを消した。

隣の山川はまだ帰ってきていないようだった。隣の部屋からは物音ひとつ聞こえてこない。階下の家族も寝てしまったのか静まり返っている。駅の方から京王線の走る音が微かに聞こえてくる。

突然、背中を向けて寝ていたギセイが、寝返りを打って僕の正面に向き直った。

「悪いけど、ぎゅっとしてくれるか」

かすれた声でそう言うと僕にしがみついてきた。僕は突然のことに驚いて体が動かなくなってしまっていたが、我にかえって突き放そうとした時にギセイが、

「なんか、不安で、不安で」

と言って僕の顔を見上げてきた。ギセイの目が暗闇の中で涙ぐんでいるように光った。僕は、ギセイをしっかりと抱き締めた。ギセイが僕の唇を探しだして自分の唇を重ねてきた。やに臭いピースの匂いがした。ギセイが下腹部を僕の下腹部に擦り付けてきた。僕は妙な気分になってきたものの、さすがにそれは避けようとして体を少しずらした。

「俺な、生まれてこの方、勃ったことがないんだわ」

と言いながらギセイは僕の太ももの付け根辺りにそれを擦りつけた。僕はギセイを体全体ですっぽり抱き締めてやりながら、太ももの感触を感じていた。僕は何かに似ていると思った。そして、咄嗟に京都の親戚がよく贈ってくれた、あのふにゃりとした少し長めの「生麩」だと思った。それは多少の弾力はあるものの芯がなくだらりと垂れ下がる、心もとない存在だった。

十四

七月に入って国研にはゼミの時に指定された喫茶店にだけは行っていたが、サンチカのたまり場にはほとんど寄り付かなくなっていた。

僕はもう、自治委員選挙に出たことさえ忘れたように大人しくクラスで語学の授業を受けていた。その授業中でも階下の中庭からは白や赤や黒のヘルメットを被った学生達が入り乱れて拡声器で、

「昼間部自治会出ていけ」

等と叫ぶシュプレヒコールの声が聞こえてきたりして落ち着かなかった。

そうこうするうちに前期試験が始まった。僕の初日は語学の英語だった。二号館の三階が試験会場だったので僕が二階まで階段を上ってきた時に中庭の方から、「わーっ」というどよめきと共に車のエンジン音とサイレンの甲高い音が聞こえてきた。僕は慌てて窓に走り寄って中庭を見下ろした。

「神田一号」や「神田二号」等とルーフに大きく書かれたパトカー数台と、屋根に鉄籠のような司令台を載せたグレーの装甲車風のいかめしい車が、機動隊員二、三十名を引き連れて中庭になだれ込んできたところだった。装甲車の指令台に乗った防護服に身を固めた

男が右手をさっと前に出すと、固まって騒いでいたヘルメット姿の学生達を目掛けて一糸乱れずに機動隊員が突き進んで行った。学生達は蜘蛛の子を散らすようにして、さあっと左右に分かれて逃げ惑った。機動隊員は、逃げ損なった学生を片っ端から警棒を使って殴り付け捕縛していく。

その時、学内のすべてのスピーカーから大音量で、

「こちらは中庸大学です。現在、六〇二号教室において昼間部自治会と称し教室を占拠している学生は直ちに退去するよう勧告する」

というアナウンスが流された。昼間部自治会すなわち同盟が、その存在を認めない大学と揉めて実力行使で事務局を置いている教室を占拠したということは、ギセイから聞いていたので僕はこのことかとすぐに察した。

階下の中庭では力尽きて座り込んだ学生達が校門の外の方に引きずられて行く。

僕はあまりの力の差に呆然と立ち尽くして「神田一号」のくるくる回る赤色灯を眺め続けていた。

程なく教室に占拠していた学生達や中庭で騒いでいた学生達は跡形もなく排除され、直ちに全校がロックアウトされて前期試験はレポートを提出することに代えられた。

十五

「もしもし、聞いてる？」

イトケンの声が遠くから甦ってくるように感じられて僕の耳に届いた。

「あ、ごめん……お葬式？　あ、岐阜で、明日？　そうやね……うん、行けたら行くわ」

あの夜のとらえどころのない彼の感触が蘇った。苦い煙草の臭いが漂った。ギセイの涙ぐんだ目が僕を捉えて離さない。

ギセイが僕を呼んでいる。

彼のお葬式に出たらおそらく無事に戻ってこられない予感がした。

僕はギセイに詫びたい気持ちがあったものの結局怖くて、お葬式には行けなかった。

三年前、夏休みに入る前に最後に出たゼミのチューターは、太一さんだった。
大月文庫の何をテキストにしていたのか、今となってははっきりしないが、太一さんが
「結局はブルジョワとプロレタリアートの対立構造ってことで、これはプロレタリアートによる必然的な暴力革命以外に解決法はないということなんだな」
と言ったのがはじまりだった。

自治委員選挙に出る前の僕なら、ここのサークルではごくごくありふれた「スローガン」のようなものだったから、特に気にもしないで、

「はい、そんなものですかねえ」

で済ませていたろうがその時の僕はこの言葉を聞くだけで、胸がムカムカして嫌悪感でいっぱいになってしまっていた。それで、

「太一さんて他の見方、できないんですか？　本当にそう思うんですか？」

と気付けば叫んでいた。

ゼミをしていたいつもの喫茶店は、いつもと同じように周囲はざわついていたが、僕達のテーブルだけ、一瞬、誰も話さず音も消えたようだった。参加していたギセイも大きく目を見開いて僕を呆然と見ていた。太一さんがしばらくして目覚めたような感じで、

「いや、僕達はマルクス・レーニン主義を謙虚に学び取ることから始めてるんだから、そういった批判はやめてもらいたい」

と語気を強めて言い、怒気を込めた目で僕を睨み付けた。

僕は反論しようと試みたが、上手く言葉が出てこないうちに、今日の発表者である早苗ちゃんが先に進めた。

僕は早苗ちゃんの発表に対する太一さんのその都度の解説を聞きながら、

「嘘だ、嘘だ」

という思いがどんどん強くなっていって、ゼミが終わると誰とも話さずさっさと帰って

しまった。

国家論研究会に行ったのはそれが最後だった。

ギセイの姿を見たのもこれが最後だった。

夏合宿が八月の上旬に軽井沢にある同盟関連の学生セミナーハウスで行われることになっていたが、僕は出席しなかった。


僕がその夏、東京から帰ってくると大学生になって初めての帰阪でもあったので、父も母も大喜びで出迎えてくれた。父は僕が高校生だった頃に比べると体調もいくぶんかは良さそうで、毎日、会社に通えるようになっていたが、胃、十二指腸、小腸の一部を摘出した昔の手術の後遺症なのか、食後は横にならなければ気分が悪くなるとのことで、人並みに忙しい部署で働くことはできなかった。母の話によると父よりも十歳も二十歳も若い社員に顎で使われたり時には苛められたりしながらも、父は頑張ってくれているとのことだった。

母は母で、家計の足しにと始めたパートタイマーの社員食堂の調理員の仕事を、僕が大阪にいた時と同じように頑張ってくれていた。去年の夏、僕が高校三年生の時に、母の母、つまり僕にとっての祖母が亡くなり、その相続財産を費やして僕を東京に送り出してくれた母である。

この両親を前にして僕は「神田一号」なんかに殴られている暇はないのだと強く思った。

マルクスもエンゲルスもレーニンも同盟も共生党も宗像や太一の話も、現実性に欠ける単なる「お伽噺」のように思われた。要は、いるのかいないのかわからない「神」というものを頭の中で創り出して、ただ信じるか信じないかだけの「桃太郎」みたいなフィクションに、「科学的社会主義」なんてもっともらしい名前を付けたに過ぎないように思われた。「鰯の頭」を有り難がるほど僕は素直にはなれなかった。

夏合宿に出なかった僕に夏休みの終わり頃、ギセイが大阪まで電話をくれた。

「君、ほんとに辞めるのか？　寂しいだろうが」

と消え入りそうに小さな掠れた声でギセイは言ってくれたけど、僕は、

「ああ」

とか、

「うん」

とか素っ気ない返答しかできないまま電話を切ってしまった。

そんなギセイが死んだ。

僕はイトケンとの会話の終わった受話器を耳に当てたまま、しばらく呆然としていた。

僕も八王子のアパートでは死ぬ真似ごとはしたけれど死ねなかった。ギセイは病気だったのかどうなのかわからないが、死後、ずいぶん経って発見されたという。きっと部屋から出られなくなったんじゃないないかと僕は思った。会わなくなったこの三年の間に何があったのかわからないが、この先に進むこともできなくてただ、もう、嫌になってしまっ

たのではないだろうか。

「寂しいだろうが」

ギセイの声がまた甦った。僕はギセイに誘われているような気がして頭を垂れて目を閉じた。

十六

国立大学附属病院の分院だった。

白い無機質な壁が僕の周りを取り巻いていた。その前に並べられた長椅子には、ソワソワキョロキョロした人や、ひっきりなしに貧乏揺すりをしている人や、白い壁の一点を見つめて動かない人や、ずっと独り言を繰り返している人や、下を向いたまま動かない人などが座って順番を待っていた。


「精神科」は、二箇所目だった。一つ目は、大阪に戻ってすぐに母に連れていかれた岡山の病院だった。母の友人の紹介だったが、中年の太った医師は、僕の体のあちこちを木槌みたいなもので軽く叩いてから、

「かなり神経細かいですね。まあ、気にしないことだね」

と言っただけでそれ以上のアドバイスも処方薬もなく終わってしまった。

僕の苦しみは何ら軽減されることはなかった。

母に連れられて岡山から戻ってきてからの僕は、大阪の実家に籠りながら父の提案で、

「とりあえずどこかの地方公務員にでももぐり込もう」

ということになり、公務員試験の試験勉強の意味合いで、法学部の学生にとってはオーソドックスな民法や刑法といった科目の勉強をして毎日を過ごすことにした。

昼間は父も母も働きに出、姉もどこかに行ってしまって家の中はがらんとした感じだった。大学に入れば何とかなるとひたすら受験勉強に精を出したこの同じ部屋で、僕は一日を過ごした。

しかしながら民法総則の初めの部分を行ったり来たりしているだけで、その先にはなかなか読み進めない。それで煙草を何本も立て続けに吸うことになる。たちまち六畳の部屋がもうもうとした煙におおわれる。同じように僕の頭と胸の辺りにも「不安」という漠然とした思いが充満する。そうなると、心臓の鼓動が高鳴り、掌の汗がひどくなる。底知れない不安感が湧き起こって、居ても立ってもいられない思いがしてくる。

八王子のアパートでなら、そういった気持ちに耐えかねてウイスキーをラッパ飲みしていたが、さすがにここでは家族の目がはばかられて昼間からお酒は飲めなかった。

学芸会の児童劇の出番を待つようなドキドキが、ずっと続いてすっかり消耗してしまうと、僕は本気でギセイのいるところに憧れた。あいつもきっとこんな思いでいたんじゃないか。もしかしたら、こんな思いにすっかり疲れてしまったんじゃないか。

彼の芯のない伸びきった感触を思い出した。一本、芯の通らないきっと同じような存在の僕達だったんだと思った。

僕はおもむろにセブンスターを二本、その包み紙をほぐしてティッシュの上にバラけてから、台所から汲んできたコップ一杯の水で飲み干した。煙草の葉には、毒があるとどこかで聞いたことをふと、思い出したからだった。

楽にギセイのところに行ってしまいたい。

そう願いながら、自分の部屋で静かに横になっていたが、三十分も経たないうちに胸がムカムカしてすべてを便所で吐き出してしまった。煙草の葉が胃液と唾液にまみれて小さな塊となってそのままの形で出てきた。便器の水の中に浮かんだそれらを僕は便所の戸にもたれてしばらくぼんやりと眺めていた。

「また、失敗してしまった」

とそう思いながらこれからも続く押し潰されそうな不安感から逃げることもできないのかと、泣きたいような気持ちになっていた。と、同時にほっとした安堵感にも気付いていた。情けなく思いながらも、ギセイのいるあちらの世界と僕のいるこちらの世界との境界は、僕にとって大きな河で遮られているのだとわかったのだ。

そして、不本意でもまだ、こちらにいなければならないのなら、とにかく心臓が訳もなく高まりじっとりと掌に汗をかく、この息をしているだけでも苦しい状態からせめて抜け出せないものかと思った。

この先、何をして生きていくのか、将来、どんな仕事に就くのかはもちろん何もわからなかったが、それよりもただただ精神的に消耗するこの状態から抜け出すのが先決であると思ったのだ。

僕はこの苦しみから「現実的」に逃れる方法を探し出そうとした。そこで大阪に帰ってきて初めて一人で外出した。まず、大手の書店に行って何か僕のこの状態を教えてくれる本はないものかと書棚を物色した。難しい専門書ではなく僕にでもわかりそうなハウツー本を中心に探した。何冊かのそれらしい本を店頭で立ち読みしているうちに僕の状態を表しているかもしれない本が数冊出て来た。僕はそれらをすべて購入した。

それらの本から察するに僕はいくつかのもっともらしい名前のつく「神経症」らしく思われた。りっぱに「心の病」なのかもしれなかった。僕はその中の一冊の著者である医師の診察を受けてみようと思いたった。その医師の書いた本が一番、僕の症状にぴったりしており具体的な対処法が書かれていたからである。

大阪にいても全く良くならず、勉強など出来る訳もなく、煙草の葉を食べて戻してしまったことも両親に正直に伝えた。そして、自分はきっと病気でありこのまま、ここにいては生涯ここから抜け出せないような気がするとも伝えて、家財道具を売った代金だけをもらって大阪を離れた。両親の心配は尋常ではなかった。僕もこれからのことを思うと極度の緊張で頭に上った血が目や鼻から噴き出してきそうな気がしたが、ギセイの誘いをキッパリ振り切るためにも必要なことだと覚悟した。

今年、大手のマスコミの社会部に入った法学部のゼミの先輩が、家賃折半でという条件で幸いにも僕を引き受けてくれて僕はその先輩のアパートに転がり込んだ。

東京に帰ってきて僕は早速、大阪で手にいれた書籍の著者である精神科医師を訪ねた。国立大学附属病院の分院だった。

診察窓口は一診二診三診と三つに分かれていた。僕はそのうちの二診だった。どの窓口も待っている人の数がなかなか減らなかったが、二診は特にゆっくりしているように思われた。僕はまたいつもの発作のようなことが起こるだろうと覚悟はしていたものの、待っている人々を見ているだけで心がざわついて案の定、心臓の鼓動が耳に聞こえて掌に大量に汗が噴き出してきた。逃げ出しそうになる衝動を抑えながら、僕はじっと耐えて待った。

一時間以上待たされてやっと僕の名前が呼ばれた。

僕が看護婦に診察室に通されると小柄な初老の医師が俯いて僕の「初診者カード」を読んでいた。それは今日の初診に当たって受付で記入するように言われた症状についての申告書だった。そしてそれを読んでいる医師こそが大阪で手に入れた書籍の著者である医師だった。

「そう、大変でしたね。私の本も読んでくれてるのね」

そう言って先生は視線をあげて僕を見た。

決して大きくはないがしっとりと潤んだ慈愛に満ちたような眼差しだった。僕はこれまでの経緯と症状を詳しく話した。僕の言葉がすべて先生の瞳に吸い取られてゆくような安心感があった。

結局は岡山の医師同様、処方薬は出なかった。ただ、著作にもあるように自律神経を休

ませるよう、その具体的な方法が話された。診察室を出る時、

「まだまだ、大変でしょうが、例えば朝のゴミだしをするというような、目の前の当たり前のことを手を抜かず意識的にしっかりやるように心掛けてくださいね。目の前の些細な日常的なことに心を傾けてくださいね。ひとつひとつ現実的なことを丁寧にね。あなたは大丈夫、大丈夫ですよ。」

　と話す医師の黒目がちの潤んだような目に僕は励まされ、さらに一歩、ギセイから離れることができたように思われた。

十七

終戦後はＧＨＱに接収されたという昭和初期に建築された、円柱形の円い柱もどっしりとした本社ビルの大会議室が、入社式の会場だった。大卒男子十名と後は短大卒と高卒女子四十名の入社式だった。

僕はとにかくバリバリの営業職だけは避けようと思って、営業職と事務職を峻別して採用する生命保険会社数社に的を絞って就職活動を行った。右頬のひきつりは一向によくなることはなく、面接で緊張すると顔面の右半分が崩壊するくらいひきつることもたびたびだった。それでも訳もなく心臓がパクパクして滴るような手汗をかくことは減ってきていた。あの分院の先生がその著作で書かれていたように、体を動かすことによって少しずつ少しずつ症状が薄れていった。僕はあの恐怖から逃れるために毎朝、ジョギングをするようになっていた。

東京に戻って先輩と一緒に住むようになった当初はまさしく、外にゴミを捨てに行くことさえ恐ろしくて心臓がドキドキした。しかし、先生の言いつけをしっかり守って、ゴミを捨てるというそのことだけに意識を集中して注意深く行うようにすれば、少しずつ楽になっていった。それはゴミ出しだけではなく、すべての物事においてそうだった。今、現在の動作にだけ意識を集中するようにした。

それでも就職面接では顔のひきつりを気にするあまり、面接官の顔をまともに見ることができない場合がよくあった。一次面接でまだ、地位の低い若手の人事担当者なんかにあたった日には、その若い社員が勝ち誇ったように、

「君ね、人と話す時は相手の目を見て話さないとね」

等と嘲笑を浮かべながらよく言われた。

「昭和五十六年度入社式」

と大書された横断幕が天井から吊され、その下の雛壇には、ずらりと役員が並んでいた。最終面接で僕の話を最後まで丁寧に聞いてくれた副社長もいた。最終面接まで奇跡的に右顔面は崩壊せず、乗り切ることができたのはこの会社だけだった。業界内では、下から数えた方が早いくらいの「中堅下位」の会社だったが、曲がりなりにも僕の努力で手にいれた会社だった。

この会社の創業家とも言える旧財閥系の血筋を引く社長の訓示があり、それに続いて新入社員代表の宣誓のような挨拶があった。そしてこのセレモニーのリハーサルで何度も練習させられた社歌の斉唱へと続いた。

この会社で、この仕事で良かったのかなんて全くわからない。いつひきつるのかもわからない頬を抱えて仕事が上手くこなせるのかもわからない。

でも、ギセイと違って僕は生き残ってしまったんだ。生きるってことはどういうことなのか全くわからないけど、とにかく目の前の問題に対処しながらこの先もジタバタジタバタすることなんだろう。

この会社にいつまでいられるのかだってわからない。

「おお、東洋生命保険、我らが誇り」

周りにつられて、僕も勇ましく誇り高く声を張り上げて歌っていた。

（了）

著者プロフィール

怠全仙人（たいぜんせんにん）

前作「落日の彼方に」（2023年2月15日　文芸社刊）の続きの物語です。あまり読む人の救いにならないのは前作と同じです。本当に不器用でみっともない「青春」です。

法律系国家資格と福祉系国家資格をもとに成年後見人として主に高齢者のお世話をしながら四半世紀以上が過ぎましたが、私がついに法律上も「高齢者」となってしまいました。頸椎症、白内障、緑内障、男性更年期障害など、年相応の苦しみを味わう季節を生きております。振り返れば心ざわつく恥ずかしい人生でした。できるだけ過去を振り返らずに、日々、穏やかになれるよう心掛けて過ごしております。

生　麩

2024年11月15日　初版第１刷発行

著　者　怠全仙人
発行者　瓜谷 綱延
発行所　株式会社文芸社
〒160-0022　東京都新宿区新宿1－10－1
電話　03-5369-3060（代表）
03-5369-2299（販売）

印刷所　株式会社暁印刷

ISBN978-4-286-25810-2